하늘을 봐,

바람이

불고 있어

하늘을 봐,
바람이
불고 있어

오늘, 하늘 어땠어요? 제가 본 오늘 하늘은 맑고 옅은 푸른빛에 구름이 조금 흩어져 있었습니다. 가끔 하늘을 올려다봅니다. 특별한 이유는 없습니다. 그저 늘 그 자리에 있어서 그런가 봅니다.

누구의 편도 들지 않고, 자기 모습으로 변화무쌍하게 변해 있는 하늘은 매일 다른 모습을 하고 있습니다.

그렇게 하늘은, 어느 땐 감탄사를 연발하게 하고 또 어느 땐 '이번 태풍은 얼마나 많은 비를 뿌릴 건가?'하고 은근히 걱정하게 만듭니다.

햇빛 찬란한 오후를 주고 아이와 함께 누워 동물이나 어떤 물체로 상상해도 될 것 같은 그림도 그려줍니다.

하지만 변하지 않은 사실은, 하늘은…
언제나 그 자리에서 나를 내려봐 주고 있다는 것입니다. 그렇지 않고서야 복잡했던 마음을 어떻게 그리 매번 잠잠하게 진정시켜 줄 수 있을까요?

돌이켜 보면 항상 뭔가를 잘 해내기 위해 애쓰며 살았습니다. 실수하면 안 된다는 강박에 시달리고, 남보다 뒤처지면 어쩌나 불안해하며, 남의 시선을 너무 많이 의식하느라 진짜 내 모습이 옅어지기도 했습니다. 그런 일들이 반복되며 어느 순간 '나'를 조금씩 잃어가는 것 같습니다.

이 책에 담긴 이야기들은 그런 순간들 속에서 경험하고 겪으며 느꼈던 것들입니다. 크고 작은 실수의 두려움, 감정을 제대로 표현하지 못하고 쌓였던 마음, 버티고 참는 게 미덕이라고 오해했던 날들의 이야기입니다.

제 이야기라기보다 감히, 모두가 겪는 과정의 이야기라고 생각되는 글입니다. 다만, 쓰면서 조금 더 솔직하게 나의 못남을 공개적으로 드러냈고 그 과정에서 나다운, 진짜 내가 돼 갈 수 있는 커다란 '득템'도 얻었습니다. 조금씩 더 솔직한 내가 되어갈 수 있었으니 대단한 이득이었습니다.

이 글이 누군가에게 작은 위로와 가벼운 공감이 되길 바랐습니다. 혼자가 아니라는 사실을, 애써 살아가고 있는 사람이 여기도 있다는 걸 알리고, 전하고 싶었습니다.

나 자신에게 솔직해지는 법을 배워가며, 방바닥에 드러누워 '파업'도 외치며 걷는 긴 여행이 아마도 어른의 삶 아닐까요? 그렇게 스스로를 놓아주고, 잡아채며 조금씩 알아갈수록, 더 속 깊게 튼실하고 단단한 사람이 되어가는 게 아닐까요?

저는 여전히 여러 감정이 흔드는 대로 휘청거리며 살고 있습니다. 다만, 다행인 것은 더는 그 흔들림이 두렵지 않다는 점입니다. 그런 과정은 끝까지 계속될 인생의 일부고 점점 강도가 옅어지게 될 걸 믿기 때문입니다.

그 과정이 나를, 우리를 성장시킨다는 걸 알게 됐기 때문입니다.

이 책과 함께, 당신만의 여러 흔들림 속에서 잔잔한 성장을 발견할 수 있기를 바랍니다.

- 고윤 -

| 차례 |

"우린 아직 갈 길이 먼, 너무 젊은 나이니까"

"갑자기 만난 죽음에
놀라지 않을 인생을 살고 싶다"＿＿＿＿＿

**"괜찮아요. 이렇게 해도
충분히 제가 저일 수 있거든요"** _____

It's time to look at the sky.

하늘을 봐, 바람이 불고 있어

차라리 그냥 엉엉 울자.

그리고 나면 지나간다.

품고 안고 억지로 다른 얼굴로 버티지 말자.

어디서든 울 곳은 찾으면 많다.

01

어디서 좀
울어 볼까?

　　나는 '무도세대'다. 예능국에 다니는 친구 말로는 방송국에서는 '무한도전'을 보고 자란 세대를 '무도키즈'라고 부른다고 한다. 그렇다면 나도 '무도키즈'다. 아직도 유튜브 쇼츠로 즐겨 볼 정도로 정 깊은 친구 같은 프로다.

　　그중에서도 노홍철 씨 캐릭터가 재밌었다. 초긍정을 넘어 초초긍정이라서 범접 그 이상의 의미로 돌+아이로 불렸다.

　　"피할 수 없으면 즐겨."

　　"행복해서 웃는 게 아니에요! 웃어서 행복한 겁니다!"

　　"난 럭키가이!"

　　수없이 들어 지금도 오디오로 지원되는 듯한 그만의 어투.

무한도전뿐만 아니라 '피할 수 없으면 즐기라'는 말은 일상에서 흔히 듣던 말이었다. 아무 때나 어디서든 쉽게 들을 수 있었고 재미로든, 장난으로든, 정말 진심으로든 왕왕 쓰인 말이다.

그래서 그런가, 힘든 상황에 처하고 그게 영 쉽게 해결될 것 같지 않을 때마다 나도 모르게 '에잇, 까짓거. 피할 수 없다면 즐겨.'라고 되뇔 때가 많다. '뭐, 어쩌겠어. 잘 해결되겠지.'가 포함된 말이라, 꽤나 쿨하게 괜찮은 말처럼 들리니까.

언젠가 회사 회의 때였다. 선배가 공개적으로 나를 비난했다. 나는 신입이었고 선배 말에 토 달 수 있는 사람도 없었다. 앉아 있던 사람들이 모두 나를 쳐다봤고 당혹감과 수치심이 일순간 밀려오는 걸 간신히 참았다.

회의는 끝났지만 그 감정은 사라지지 않았다. 얼굴은 굳었고 점심밥도 삼키기 힘들었다. 속은 답답하고 머리는 정지된 것 같았다.

하지만 '무도키즈'답게, 피할 수 없어서 즐기려고 노력했다. 말 그대로 무지하게 즐기려고 노력했다. 오후 내내 웃으면서 사람들을 대했다. 이 힘든 상황을 즐기게 만든 그 선배를 보고서도 아무렇지 않은 듯 대했고 그러자니 정말 노력이 많이 필요했다. 심지어 누구보다 기분 좋은 듯, 노래를 흥얼거리기까지 했으니, 오버는 오번데 '정말, 피할 수 없어서 즐기려고' 그랬다. 모두가 나를 꽤 쿨한 사람으로 생각하기를 바라면서.

집에 가려고 버스를 탔는데 갑자기 눈물이 쏟아졌다. 울려고 그런 게 아닌데 그냥 나왔다. 왜 울었는지 이유를 대라면 확실히 말하기 어렵다. 그냥 고통이 눈물을 끌어올린 것 같다고나 할까.

이제야 깨달은 건 힘든 마음은 역시 피하기 어렵다. 한여름 소낙비 같은 거라서 언제 나를 공격해 올는지 모른다. 거기에 '즐기기'까지 하는 건 좀 아닌 듯하다. 억척스럽게 억지로 감정을 덮고 얼굴색까지 바꿔가며 즐긴다는 건 그냥 '가면' 아닐까.

힘든데 그냥 펑펑 좀 울고 털어버리는 것도 괜찮은 처방

아닐까.

소낙비가 내리면 쫄딱 젖을 수밖에 없는 상황이다. 그러면 옷이 마를 때까지 기다리거나 말짱한 옷으로 갈아입을 일이다. 감정도 비슷한 것 같다. 화나고 실망스럽거나 당황스럽고 엉뚱한 어떤 상황이 예고 없이 닥칠 수 있다. 그러나 그 감정이 하루 종일 나를 지배하고 장악하게 내버려둘 수는 없다. 갑자기 내린 비가 좋다고 빗속을 뛰어다닐 필요까지 있겠냐는 말이다.

살면서 부정적인 순간은 계속 나를 찾아올 테고 '그 순간이 하루의 전부'가 돼서는 안 될 거 같다. 괴로운 일이 생기는 거야 어쩔 수 없다지만, 그 감정들을 얼마나 오래 안고 있을지는 순전히 내 몫이니까.

차라리 그냥 엉엉 울자. 그리고 나면 지나간다. 품고 안고 억지로 다른 얼굴로 버티지 말자. 어디서든 울 곳은 찾으면 많다.

부정적인 생각에 휘둘리지 않는 7가지 방법

1. 생각이 꼬리를 물면 '진짜 사실이야?'하고 스스로 물어본다.

2. 머릿속에서만 고민하지 말고, 종이에 적어본다.

3. 부정적인 감정이 밀려오면 잠깐 자리에서 일어나 움직인다.

4. 지금 해결할 수 없는 문제라면 '나중에 생각하자'며 미룬다.

5. 부정적인 말 대신 "그럴 수도 있지"라고 가볍게 넘긴다.

6. 나에게 하지 않을 말을 내 안에서 반복하지 않는다.

7. 완벽하지 않아도 괜찮다고, 오늘도 충분히 잘하고

있다고 인정한다.

It's time to look at the sky.

대화는,

테이블에 놓인 컵과

같다.

서로 이해하고 사랑하기 위해서는

서로에게 담긴 물의 온도를

알아봐야 하고

물의 색도 알아봐야 한다.

02

세상에 정말 귀한
'말 잘 통하는 사람'

남자나 여자나 싱글이면 수 없이 받는 질문 중의 하나가 '이상형이 뭐냐?'는 거다. 나도 꽤 들어 본 질문이지만 딱히 고민을 안 해서 그런지 우물쭈물 이렇다 할 대답을 못 하곤 했다. 그러면 여지없이 '아, 얼굴 본다는 거네.'라고 결론이 났다. 그게 아니라서 나름 장황하게 내 생각을 쫙~ 늘어놓곤 했는데 그래도 결론은 같았다.

"응, 알았어. 그러니까 얼굴 본다는 거네."

안 되겠다 싶어서 고민을 좀 해 보기로 했다. 결혼 전까지 이 질문은 계속 받게 될 것이므로 한 번은 준비해 놓아야 할

답이었다. 그동안 그냥 서로 끌리는 어떤 계기로 연애를 해왔지, 뭔가 딱 맞아서 연애한 게 아니었던 거라서 답을 찾아놔야 할 것도 같았다.

결론은 '대화가 잘 통하는 사람'이었다. 이상형이 말 잘 통하는 사람이란 걸 찾아놔서 그랬는지 대화 잘되는~ 나는 대화 잘되는 사람을 만나 결혼했다. 지금의 아내다.

한데 그렇게 말 잘 통해서 결혼한 아내와 왜 아직도 갈등이 있는 걸까? 대화 잘 통하면 갈등이 없어야 하는 거 아니었나? 내가 아직 아내에 대해서 더 나눠야 할 남은 대화(?)가 남은 걸까?

속 깊은 대화를 많이 나눈 뒤 결혼했고, 계속해서~ 대화를 잘 나누고 있다. 그런데도 갈등을 다 없애려면 더 많은 대화를 계속~해야 하는 건가?

『우리가 우리이기 이전에』라는 안리타 작가의 책에서는 대화를, 테이블에 놓인 컵과 같다고 표현했다. 서로 이해하고 사랑하기 위해서는 서로에게 담긴 물의 온도를 알아봐야 하고 물의 색도 알아봐야 하지만 '하나가 되자'라는 건 결국 '파국'이라고 했다.

하나가 되기 위해서는 한쪽이 부서지거나, 해체돼야만 가능한 일이며 그것은 인간과 인간 사이에 불가능하다는 의미였다.

나는 이 글에 엄청나게 충격을 받았다. 서로 사랑하면 당연히 하나가 돼야 한다고 생각해 왔다. 그래서 하나가 되려고 그렇게나 애를 썼고 지금도 쓰고 있다. 때문에 하나가 되려는 것 자체에 사용된 폭력적 언어에 놀라지 않을 수 없었다.

하지만 결혼도 하고 철들며 살아보니 알 것 같다. 대화는 관계를 이어가는 강력한 도구지만 그것만으로 모든 갈등을 없앨 수 있는 건 아니란 사실이다.

대화로 마음을 헤아릴 수는 있어도 오해와 갈등까지 제거해 나갈 수는 없다는 걸 말이다.

말로 다 안 되는 게 말이었다. 자신을 잘 모르는 사람이 전 세계에 수두룩해서 MBTI도 개발됐던 거다. 내 속도 다 모르는 사람끼리 하는 게 대화라면, 절대 다 알 수 없는 게 당연한 거였다.

하지만 나는 지금도 대화를 중요하게 여긴다. 비즈니스나 친구 관계, 그 밖의 무엇이든 내 삶의 중심에는 대화가 있다. 서로를 이해하고 좋은 관계를 맺는데 진솔하고 진한 대화만큼 좋은 게 없다고 생각한다.

그럼에도 대화에는 한계가 있다는 것, 모든 걸 다 알 수 없다는 것, 대화로 모든 게 해결될 수 없으며, 갈등까지 자동으로 제거되지 않는다는 걸 인정하게 됐다. 그리고 세상에 대화를 많이 나눠서 모든 걸 공유한 부부도 없다는 것도.

다만 그 많은 대화로부터 깊고 진실한 관계로 나아가는 노력을 함께 하고 있다는 사실만큼은 굳게 믿는다.

MBTI를 넘어서는 대화의 심리학 8가지

1. 상대의 말투에서 느껴지는 감정을 읽어본다.

2. 나도 모르는 내 습관을 상대에게 물어본다.

3. 대화가 막히면 잠시 멈추고 숨을 고른다.

4. 상대의 반응을 내 성격 탓으로 돌리지 않는다.

5. 말과 행동이 달라질 때 솔직히 털어놓는다.

6. 서로 다른 점을 억지로 채우려 하지 않는다.

7. 오해가 생기면 당장 묻고 확인한다.

8. 불 완전한 나와 상대를 그대로 끌어안는다.

It's time to look at the sky

나는 우리가

'새로운 도전은 무조건 좋아'라는 생각을

좀 가려 쓰거나 아껴 썼으면 좋겠다.

'매번 도전'은 좋은 것도 아니지만

'새로운'이라는 단어를 앞에 갖다 넣는다고

좋은 것만도 아니란 걸 따지면서 지냈으면 좋겠다.

03

모두가 멋지게
추락하는 건 아니다

굉장히 도전적이고 실험적인 현대 예술가가 이런 말을 한 적이 있다.

"사람들은 내가 매번 즉흥적이고 순간의 감각에만 의존하는 줄 아는데, 그게 아닙니다. 내 실험은 철저하게 계산되고 계획된 것들이에요. 보이는 모든 것은 내 계획이 옳았는지 시험하는 검증의 단계일 뿐입니다."

그래. 그렇겠지. 나는 누구보다 이 말을 믿을 수 있다. 나도 매우 실험적이고 도전적으로 행동해 본 경험이 있어서다.

내 경우는 '인기 있는 사람이 되는 것'에 대한 도전이었다.

어렸을 때부터 나는 인기 없는 사람이었다. 붙임성도 없었지만 내 얼굴 인상이 딱히 호감 갈 '상'이 아니었던 것 같다.

대학교 2학년이 됐을 때 친구에게 이 고민을 털어놓을 정도로 나한테는 '고민거리'였다. 내가 생각하는 '나'와 다른 사람이 느끼는 '나'는 큰 차이가 있다는 걸 알았기 때문이다. 남이 보는 내가, 내가 생각한 것보다 더 별로인 것 같았다.

그래서 도전하기로 결심했다. 나도 이제 '인기 있는 사람이 좀 돼 보자!'라고.

유심히 주변을 관찰한 결과, 일단은 웃는 상이 필살기란 사실을 발견했다. 학교에서 인기 좀 있다고 하는 사람들을 계속 보니까 그들 모두 입가에 미소를 달고 사는 게 공통적이었다. 옳다구나 싶어서 속으로 쾌재를 불렀다.

집에서 거울을 보며 미소 연습을 많이 했다. 이렇게 저렇게 각도를 달리해 가며 어떤 미소가 더 멋있어 보일지 치밀

하고 세세하게 가다듬었다. 당시에는 그래도 연습 덕을 꽤 본 타이밍도 몇 번이나 있었다.

하지만 하루아침에 생긴 표정도 아니었다. 성격이 변한 것도 아니었다. 그러니 가만히 멍때리고 있다 보면 무서운 표정을 짓고 있는 나를 느끼고 화들짝 놀라곤 했다.

웃픈 사실은 나는 '미소'라고 지어 보인 건데 누군가는 섬 뜩하게 느끼고 무서워했다는 거다. 오히려 나를 슬슬 피하는 눈빛을 보인 친구도 있었다.

미소는 나한테 잘 안 맞는 건가. 고민이 깊어지는 찰나 눈에 띈 누군가가 있었다. 바로 '나쁜 남자' 컨셉의 형이었다.

그 형은 정말 편해 보였다. 맘대로 나쁜 말도 하고, 욕도 하고, 배려도 안 하고, 눈치는커녕 못됐다는 소리를 들을 만한 행동을 하면서도 일명 '자학개그'로 인기 절정을 누리고 있었다.

'아! 바로 저거야!'

나도 저 형처럼 나쁜 사람(남자)에 도전하는 게 '언제나 미소 짓기' 도전보다는 훨씬 할 만해 보였다.

'그래! 결심했어. 나도 더 나쁜 사람이 되는 거야. 그러면서도 정말 유머러스한 사람이 돼 보자고!'

그날부터 그 형이 하는 말이나 행동을 하나도 빠짐없이 관찰하려고 애썼다. 대학 캠퍼스를 누비며 여자 친구도 만들고 팔짱 끼고 다니며 떨어지는 벚꽃도 맞아 볼 수 있다면 내가 못 할 게 무어냐!

후배들에게 둘러싸여 내 말 한마디 놓칠세라 깔깔 웃어대며, 주말이면 "선배 저랑 과제 같이하실래요?"라는 러브콜도 원 없이 받을 수 있다면야!

나쁜 남자 컨셉 잘 배워서 나도 인기남이 되고 싶었다. 그래서 정말 열심히 관찰하고 따라 하고 또 관찰하고 따라 하기를 그리도 열심히 했다.

그러던 어느 날이었다. 가깝게 지내던 여사친이 이렇게 말했다.

"너 요즘 왜 그러는 거야? 집에 뭐 안 좋은 일이 있는 거야? 그런 게 아니라면 일부러 그러는 거야? 혹시?

이유는 모르겠지만, 너 그러는 거 굉장히 별로인 거 아니?

그리고 너랑 어울리는 행동도 아니야. 왜 그래? 너답지 않게. 도대체 이유가 뭐야?"

정말 충격받았다. 크게 주눅 들었다.

집으로 가서 다시 거울 앞에 섰다. 그날따라 유독 거울 속 나는 더 어색해 보였다. 원래 무표정하고 무뚝뚝해 보이던 얼굴이 미소 띠어보겠다고 하다가, 태생에도 안 맞는 나쁜 놈 흉내를 너무 열심히 해보려던 탓인가, 얼굴도 죽상으로 보였다.

눈썹도 좀 어색하게 자라고 있는 것 같고 눈, 코, 입 모두 이상해 보였다. 그래서 매우 속상했다.

이 시절 이야기를 들은 누군가는 그런 것도 좋은 경험이라고 맞장구 쳐 준다. 그렇게 해 봤으니까 나답지 않은 행동일랑 하지 않게 됐을 테니 약이라고.

뭐 틀린 말은 아니다.

한데 약간 비틀어서 생각해 보면 그게 경험이 돼서 나에게 약이 됐다기보다는, 내가 나한테 만족하는 법을 몰랐고 그게 얼마나 중요한가를 깨닫게 됐다는 말이 더 맞는 것 같다.

도전은 멋있고 간지 나는 단어다. 하지만 뭐든 도전하면 다 좋은 걸까. 실패해도 도전했으니까 더 좋았다고만은 할 수 없는 것 같다.

어쩌면 너무 이런 저런 철학이나 정보에 세뇌당해서, 나에게 맞지도 않는 일에 '도전!'이라고 외치고는 자신을 몰아넣고, 궁지에 빠질 일을 너무 구별 없이 실행해 온 건 아닐까.

나는 우리가 '새로운 도전은 무조건 좋아'라는 생각을 좀 가려 쓰거나 아껴 썼으면 좋겠다.

'매번 도전'은 좋은 것도 아니지만 '새로운'이라는 단어를 앞에 갖다 넣는다고 좋은 것만도 아니란 걸 생각해 보면 좋겠다.

도전에는 잃는 게 필수적으로 많다. 무리하게 많은 걸 잃게 될 수도 있다. 하지만 달콤하고, 멋지고, 해야 하고, 하면 좋다. 그래서 긍정적인 측면으로만 사용되는 중이다.

도전하고 이뤘을 때 얻는 성취가 정말 크고 좋으니까 취해버리는 면도 적지 않다. 그러나 중요하게 따져 봐야 할 것은 또 따져 봐야 하지 않을까? 대략 이런 것들이라도 말이다.

도전의 방향이 정말 나에게 유익한 것인가!

오로지 무리한 실험에만 계속 머무는 건 아닌가?

도전 과정 동안 내가 잃은 것의 가치는 회복할 수 있는 것들인가?

무작정 달리고 나서 후회하지 말자.

조금 덜 '도전'해도 괜찮을 것 같다.

나를 몽땅 내버려야 하는 도전을 할 바에는.

똑똑하게 도전해 성공해 내는 7가지 방법

1. 도전을 하는 이유를 명확히 정하고 시작한다.

2. 나와 맞는 방향인지 신중하게 점검한다.

3. 무모함 X. 최소한의 준비를 한 뒤 도전한다.

4. 과정에서 즐거움과 성장을 느낄 수 있어야 한다.

5. 예측불가능한 변화 속에서도 나다움을 유지한다.

6. 주변의 피드백을 객관적으로 수용한다(감정 대응 X).

7. 실패에서도 배울 것이 많은 도전을 선택한다.

It's time to look at the sky

04

모두에게
좋은 사람이
되지 말아요, 우리

아, 언제쯤 후회 좀 안 할 수 있을까. 인생은 늘 후회의 연속이고 실수의 강 같다.

얼마 전 학창 시절부터 친했던 한 친구와 연락을 끊었다. 미모의 어떤 여성과도 연락을 끊었으며 그녀가 속한 모임에도 나가지 않고 있다.

문제의 발단은 이랬다.

이 친구는 싱글이다. 결혼을 안 한 건 아니고 못 했다. 이 친구는 외모지상주의다. 한데 본인은 그 외모지상주의 기준으로 'F' 정도 된다. 예쁜 여자를 매우 좋아하지만 정작 본인은 외모 관리를 하지 않는다. 그래도 아주 성실한 면이 있어서 끝없이 소개팅하고 주변 사람들을 닦달해서라도 자기 짝을 찾는 데 아주 열심이다.

나는 최대한 이 친구의 소개팅 후속담을 흘려듣는다. 자칫 진지하게 듣다가는 '야! 네 외모를 좀 생각해! 예쁜 여자들이 너를 왜 만나겠냐!'하고 욱하고 속에 있는 말이 튀어나올지 몰라서 해둔 안전장치다.

그날도 친구는 매번 빗나간 소개팅 사연에 이런저런 불만을 늘어놓았다.
"아니, 도대체 어떻게 이렇게 다 별로일 수 있지? 예쁘면 꼭 하자가 있어. 심지어 얼마 전에 만난 여자는 술, 커피, 우유, 고기를 못 먹는데! 도대체 그럼 뭘 먹고 산다는 거야! 나 원 참."
내가 찾는 사람이 있다면 내가 먼저 그런 사람이 돼야 한다는 진리를 이 친구는 들어 보지 못한 걸까? 스스로 그런 사람이 돼 있어야 그런 사람을 만나게 된다는 걸 아직도 깨닫지 못한 걸까?

그때였다.
"안녕하세요?"

하필 그 카페에 내가 참석 중인 어느 모임 멤버 한 분이 계셨고, 하필 여자분이었으며, 하필 정말 미인이었다. 아찔했다. 이다음에 오게 될 상황이 머리에 선명하게 그려졌으므로.

아니나 다를까. 여자분이 나간 다음 질문 공세가 이어졌다.
"누구야? 몇 살이야? 싱글이야? 직업은? 집이 어딘데? 그 모임에서 자주 만나?"
이렇게 질문이 이어지다 기어코 나를 들들 볶았다. 그녀와 소개팅 자리를 만들라는.

여기서부터 문제였다. 하면 안 될 대답을 하고 말았다.

"그래 알았어. 한번 물어볼게."

그 자리에서 무조건 안 된다고 할 명분이 부족했으니 별수 없었다. 그러나 내가 그녀를 알면 얼마나 알며, 나는 또 이 녀석을 또 얼마나 잘 아는가!

하는 수 없이 매 순간 조여 오는 그 친구의 압박에 나는 다음 모임에서 두 사람의 소개팅을 주선했다. 그렇게 두 사람이 만났다. 결과는 예상대로였다. 여자분은 아주 고상하게 '가치관이 맞지 않다'는 이유를 들었다. 하지만 진짜 문제는 친구였다. 친구는 미모의 그 여성에게 푹 빠져 버린 것이다.

아……. 단칼에 거절했어야 했는데. 내 탓이요. 내 탓이요. 내 탓이었다!

여성분은 단호하게 거절 의사를 이미 내게 밝혔는데 친구는 나를 '장기(將棋) 말' 쯤으로 여겼다. 중간에서 이렇게 저렇게 해 달라는 요구도 많았고 다시 자리를 만들어 달라는 요구를 끝없이 해댔다.

나는 중간에서 어떻게 해야 할지를 몰랐다. 피곤했다. 스트레스가 쌓였다. 중간에서 적당히 할 수 있는 거짓말을 짜내려고 머리를 쥐어뜯었다.

아, 내가 왜 이러고 있지?

현타가 왔다. 두 사람 모두에게 미움받고 싶지 않아서 혼자 끙끙거리고 있는 내가 너무 한심했다. 다른 일에 투자해도 모자를 시간에 이렇게 고민하고 있다니. 모두에게 좋은 사람이 되려고 하는 내 오랜 습성이 나도 모르게 또 나를 붙잡고 있는 게 보였다.

그래서 내가 내린 결론은 두 사람 모두에게 연락을 끊는 거였다. 친구의 연락을 받지 않았고 모임에도 나가지 않았다. 내 평화를 위해서 내가 할 수 있는 최선이었다.

한데 최근에 생각이 좀 바뀌었다. 누군가 내게 해 준 이 말 때문이다.

"모두에게 좋은 사람일 필요는 없어. 나쁜 놈이 되라는 뜻은 전혀 아니야!"

그래서 알았다. 내가 스스로 나쁜 놈이 돼 가고 있었다는 걸. 나는 둘 사이에서 빠져나오려던 거지만 그렇다고 해서 내가 나쁜 놈까지 될 필요는 없었던 것이다. 내 행동은 두 사람에게 전혀 이득 되는 게 아니었다. 오히려 나 자신을 위한 선택이었지.

버티기 힘들고 스트레스가 너무 쌓여서 내린 행동이기는 했지만 그게 나를 나쁜 놈으로 만드는 것에 불과했다는 걸 알았다.

왜 선택지가 없다고 느꼈을까. 그냥 있는 그대로 말하면 됐을 텐데.

친구야 상처받겠지만 이참에 알 건 알게 될 수도 있어서 좋았을 거고 또 내가 굳이 나서서 그 이상의 어떤 말을 덧붙

일 필요도 없던 거였는데.

사실을 있는 그대로 전하면 되는 것이고 받아들이는 건 그의 몫인데. 나는 친구니까 힘들어하면 다독이거나 위로해 주면 되는 것을.

아, 삶은 정말 매번 후회의 연속이다. 매번 겪고 나서야 배운다. 배우지 않고 그냥 좀 공짜로 알면 안 되나.

모두와 잘 지내지 않아도 괜찮은

7가지 마음가짐

1. 모든 사람에게 사랑받으려 애쓰지 않는다.

2. 때로는 나를 위한 선택이 더 중요하다는 걸 잊지 않는다.

3. 상대의 기대를 채우느라 내 평화를 잃지 않는다.

4. 거절할 용기를 가지는 게 나쁜 게 아님을 기억한다.

5. 관계의 균형을 위해 솔직함을 선택한다.

6. 나를 지키는 게 결국 모두를 위한 길일 수 있다.

7. 후회 대신 배움으로 한 걸음 나아간다.

It's time to look at the sky

파리를 좇아가면

뒷간에 도착하고.

나비를 좇아가면

꽃밭을 거닐게 돼.

05

세상에서 가장
흔한 조언

'파리를 좇아가면 뒷간에 도착하고, 나비를 좇아가면 꽃밭을 거닐게 돼.'

영화 「인턴」에 나오는 대사다. 큰 울림을 주는 대사다.

부모님이나 선생님처럼 내가 선택할 수 없는 몇 가지를 빼면 내 삶도 온통 '선택' 천지다. 가깝게 지내게 된 친구, 누군가와의 연애, 사랑 등, 뭘 하고 안 하고 모든 게 선택이었다. 더 간단한 것들도 마찬가지다. 오늘 신을 양말, 입을 옷, 커피 마시는 일을 선택하는 것도 그렇다.

그렇게 모여서 나온 결과가 지금의 나라면 그 많은 선택을 어떻게 다 해왔을까 잠시 대단하다는 위안이 든다. 하지만 어느 땐 '나 이렇게 생각 없이 살아도 되는 거야. 진짜?'라는 반성을 하기도 한다. 생각 없이 저지른 말이나 행동, 결국 이 선택들이 모여서 내 진짜 인생을 결정한다고 생각하면 아찔하다.

「인턴」에서 주인공도 갈팡질팡하는 모습이 꽤 나온다. 가족과 CEO 역할 사이에서 균형 있는 선택지를 놓고 이렇다 할 선택을 하지 못해 힘들어한다. 두 가지 모두 잘 하려고 할수록 더 힘들다. 내가 그녀 옆에 있다면 어떤 조언을 해 줄 수 있을까?

제일 먼저 떠오른 말은 '네 마음이 가는 대로 결정해, 그게 최고야.'다.

자주 듣는 말이고 정말 맞는 말이다. 그러나 섣불리 이런 조언을 했다가는 욕먹기 딱 좋다. 마음이 어디로 갈지 정해졌으면 누가 힘들어하겠나! 물어 볼 이유도 없고 힘들 이유도 없지.

다시 생각해 보자. 어떤 조언을 해야 할까?

'네 마음이 가는 대로 결정해, 그게 최고야.'가 다시 떠오른다(어쩔).

역시 마음 가는 대로 하는 게 정답 맞다. 하지만 여기서 한 가지 짚고 갈 게 있는 듯하다. 사실 나는 직관이라는 걸 잘 믿지 않는다. 물론 때때로 직관이란 게 상황을 꿰뚫고 도저히 계산으로 내릴 수 없는 결단으로 대단히 이로운 결과를 낼때가 있다. 인정하는 바다.

한데 이 '직관'이란 게 선 긋듯, 아주 명확하게 딱 분리돼서 떠오르는 게 아니라는 데 문제가 있다. 직관이라고 생각하고 오히려 감정에 휘둘리는 걸 미처 깨닫지 못하고 직진해버리는 경우가 얼마나 많은가.

직관도 그 순간의 감정에 꽤나 좌우될 때가 많은데, 모든 올라오는 생각을 '직관'으로 오해하는 경향이 너무 많기 때문인 듯하다.

어쩌면 직관적으로 행동해서 좋은 결과를 얻은 경우도 실제로는 지금까지 쌓은 많은 데이터와 경험이 복합적으로 작용해 나온 결과 아닐까? 아! 헷갈린다.

간혹, 직관을 너무 맹신하는 사람들을 볼 수 있는데 마치 어떤 심오한 영적인 힘이 나에게 영감을 주는 것처럼 생각하는 경우다.

이런 경우를 조심한다는 가정에서 보면 사실 마음 가는 대로 하는 건 좋은 쪽 같다. 직관을 따르는 게 아니라, 선택을 순간의 감정에 맡기는 게 아니라, 정돈된 이성으로 하는 선택이라는 뜻이 되니까.

감정은 본디 이리저리 워낙 흔들려서 가면 안 될 곳에 가게 하기도 하고, 하면 안 될 말을 하고도 그 순간만큼은 '진짜'라고 생각하는 습성이 있어서 후회만 막급인 경우가 다반사다. 그러니 '네 마음 가는 대로 하라'는 조언은 참 조심해서 해 줘야 할 말인 것 같다.

　역시, 조언은 하지 않는 게 조언 같다.

　역시, 말보다는 귀를 열어 주는 게 좋은 조언이 분명하다.

매 순간 후회 없는 선택을 하는 8가지 비결

1. 감정에 휘둘리지 않고 한 발짝 물러서 본다.

2. 과거 경험에서 배운 교훈을 떠올린다.

3. 결정의 결과를 냉철하게 상상해 본다.

4. 직관을 믿되, 이유를 곰곰이 따져본다.

5. 내가 아닌 상대의 입장도 고려한다.

6. 작은 선택이라도 소홀히 여기지 않는다.

7. 후회할 가능성을 줄일 행동을 먼저 실행한다.

8. 모든 결정이 나를 성장시킨다고 믿는다.

It's time to look at the sky.

어느 날엔가 지하철 옆자리 여성이

누군가와 통화로 나누던 바로

그 조언이다.

"딱 중간만 하면 되지 않을까.

더도 덜도 말고

중간 정도만 잘하고 싶다."

06

그냥 적당히 중간은,
정말 어려운 거였다

딱 중간만 하는 게 '참 잘하는 것'일 때가 있다. 중간만 하라는 말은, 사회인이 돼서 입사하면 가장 많이 듣는 선배들의 조언이다. 정말 '딱 중간만'하는 사람이 되는 게 진짜 중요할 때고 회사 오래 다닐 수 있는 요건이며 어디서나 왕따 될 일 없는 중요한 덕목이 되는 때다.

학교 다닐 땐 한 번도 들어 본 적 없는 말이다. '어중간하게 할 바에야 차라리 기술을 배우는 게 낫다'고 했고, '꼭 공부 아니라도 뭐든 하나만 똑 부러지게 잘하면 된다'고 배웠다. 1등과 꼴등은 기억해도 중간은 패배의 구간으로 여겨졌으니, 중간이었던 우리 누구도 '잘' 해보려고 생각하지 않았다. 그러다 20대를 넘기고 취직할 시점이 되면 너도나도 '중간만 해. 그게 최고야'로 바뀐 세상에 선다. 어느 날엔가 지하철 옆자리 여성이 누군가와 통화로 나누던 바로 그 조언이다. "딱 중간만 하면 되지 않을까. 더도 덜도 말고 중간 정도만 잘하고 싶다."고 한 말.

사회생활 잘하려면 너무 나서지 않아야 한다고 했고, 그렇다고 너무 뒤처지는 것도 안 된다고 했다. 그래서 그렇게 지내려고 정말 열심히 노력하며 지냈다.

문제는 그 이후였다. 어른이 돼서 속한 세상에서 '중간'을 너무 열심히 해내다 보니까 삶 전반에 열심이 스며드는 줄 모른다. 적당하다는 게 인생 전체로 놓고 보면 위험천만한 건데 그걸 구분 지어 보지 못하게 되는 걸 몰랐다.

세상의 진짜 고수와 승리자들은 그 높이와 크기에 상관없이 모두 똑같은 하나를 했다. 자신의 한계를 뛰어넘는 상황을 몇 번이든 경험했고 그사이 자기 '사이즈'를 키워냈다. 매번 이쯤에서 멈추지 않고 '더, 더 ,더' 해 볼 무엇에 몸 사리지 않았다.

'적당히 하며 멈추는 게 정말 괜찮은 걸까?'

내 경우라면, 이제야 진짜 걸음을 걷는 것 같다. 새로운 가능성을 찾아 이 문 저 문 열어 보는 중이다. 모든 기대감을 한껏 부풀린 채로.

안주하지 않고 한계를 넘는 7가지 비결

1. 도전 끝에 만나는 나를 기대한다.

2. 작은 도전부터 시작해 본다.

3. 실패해도 다시 일어설 용기를 갖는다.

4. 노력의 흔적을 기록으로 남긴다.

5. 내 한계를 시험할 기회를 만든다.

6. 한계를 넘은 순간의 짜릿함을 기억한다.

7. 스스로에게 "더 해봐."라고 말한다.

It's time to look at the sky

07

바다에 갔으면
바다를 찍어야지,
왜 꽃을 찍어 오냐고요

엄마는 여행을 가면 꼭 꽃밭에 들어가서 사진을 찍었다. 바다에 가면 바다 배경으로 사진을 찍지 않고 거기서도 꽃밭 배경으로 사진을 찍었다.

어딜 가나 똑같았다. 제주로 내려가 있으면서도 제주 배경 사진보다 꽃 배경 사진이 많았다. 가끔 우리 집에 오실 때에도 제주에서 본 노을 얘기를 하며 꽃 사진을 보여주셨다.

어느 봄. 며칠 전 다시 제주로 내려간 엄마에게 카톡이 왔다. 아무 말 없이 사진 한 장만 덜렁 와 있었다. 제주도 꽃밭 배경으로 찍은 사진이었다.

'제주까지 가서도 꽃이 그리 좋은가……'

짜증 났다. 그렇게 가고 싶다던 제주도 귀향을 선택하고 온통 바다로 둘러싸인 곳에서까지 꽃을 찍어 보낸다는 게 불만이었다.

대답 대신 화면을 닫아 버렸다. 엄마가 서운해하겠지만 꽃이나 보고 앉아 있을 한가한 상황도 아니었다. 엄마는 내가 퇴사하는 걸 반대한 사람 중 한 명이다. 괜히 곧장 답했다가 엄마랑 몇 마디 섞고 힘든 감정이라도 내비치면 곧장 '그러게 뭐 하러 회사를 나왔어'라는 식으로 말할 텐데 그 어느 때보다 그 말은 듣고 싶지 않았다.

뭐든 쉬운 게 없었다. 나는 을이고 모든 상대는 갑이었다. 새로 시작한 일로 이런저런 미팅을 해 나가지만 일은 매번 기대만큼 진행되는 게 없었다. 웃고 허리 굽혀 인사 잘하고 답이 오길 기다리는 처지가 고됐다. 막연하고 답답한 날들의 연속인 그런 봄, 어느 날이었으니까.

"짜증 나지, 그래도 뭐 어쩌겠어…… 네가 그들보다 잘 되는 수밖에."

선배는 응원하는 건지, 비수를 꽂는 건지 도통 알 수가 없었다. 집으로 돌아오는 길에 카페에 들어가 털썩 주저앉았다. 평일 낮이라 그런지 한가한 카페가, 방아질처럼 찍어대는 속을 좀 가라앉혀 줬다. 하늘은 속없이 높고 새파랗고 맑았다.

어둑해질 즈음에서야 집에 돌아왔다. 거실 밖으로 근사한 노을이 보였다. 그 노을을 한참이나 바라봤다. 그리고 나를 괴롭힌 오늘 하루의 모든 것들을 생각했다. 우습게도 조금 괜찮아졌다. 적당히 없어지고 가라앉는 느낌이 들었다.

낮에 온 엄마 카톡에 답장으로 '노을 사진 정도면 적당하지 않을까' 싶은 생각이 들었다. 그 아들에, 그 엄마다.

이 고된 하루를 보낸 아들이 간신히 마음 쓸어내리고 보낸 노을 사진에 엄마도 읽씹이다.

작은 행복을 느껴보는 8가지 방법

1. 나무나 꽃 하나를 차분히 바라본다.

2. 하늘 사진을 한 장 찍어본다.

3. 내가 행복했던 순간이 담긴 옛날 사진을 찾아본다.

4. 부모님께 전화해 오늘 있었던 일을 5분간 나눠본다.

5. 따뜻한 커피 한 잔을 천천히 마시며 그 향을 음미한다.

6. 좋아하는 노래를 틀고 방 안을 가볍게 걷는다.

7. 창문 너머 보이는 노을을 1분간 조용히 감상한다.

8. 잠깐 눈을 감고 천천히 심호흡을 해본다.

It's time to look at the sky

여전히 누군가는 지금 보이지 않는

큰 목표를 듣고

애써 깎아내리기 바쁠 것이다.

"그런 건 불가능해,

좀 현실적으로 꿈꿔."라는 말도

덧붙여 주겠지.

변해서 좋다.
내가 누에고치라서
참 좋다

08

'사람은 원래 절대 안 변해.'

맞는 말인가? 틀린 말인가? 헷갈리기도 하고 어렵기도 한 말이다.

절대 변하지 않는다는 쪽이 맞다고 하면 노력할 필요가 없어지는 말이니까, 지금보다 더 좋은 삶을 살게 될 거란 희망 같은 걸 품으면 골 아픈 말이다.

틀렸다면 가능성은 크게 늘어난다. 모든 변화가 가능하다고 생각하고, 바라는 건 이룰 수 있다는 확신이 들어서 사는 게 멋진 일이 된다.

복싱 선수 무하마드 알리는 학창 시절에 선생님께 "너는 절대 성공하지 못할 거야."라는 말을 듣고 자신의 한계로 받아들이는 대신, 스스로를 증명하겠다고 결심했다. 실제로 유명한 세계 챔피언이 됐고 많은 인터뷰에서 자신의 한계를 깨부순 사명감의 원천으로 이때를 자주 언급했다.

이렇게 보면 자신의 가능성을 믿는 의지는 많은 난관을 뛰어넘게 만드는 것이란 생각이 든다. 나도 뭐든 잘 못하는 사람이지만 늘 내 안에 꿈틀대는 피 끓는 열정이 있었다. 뭔가 해 보고 싶고 해 내고 싶다는 욕망이 컸다.

그래도 사람은 쉽게 변하지 않는 건지, 나는 늘 부족하다는 생각이 내 발목을 쉽게 놔주지 않았다.

이 말을 꽤 자주 들었던 어느 때쯤엔 변화하려는 내 의지, 다짐, 기대들이 확 꺾였다. 의지가 약해서 그랬을 수도 있지만 변하지 못할 거라는 사실이 가슴에 비수로 꽂혔다. 가능성이 결국 0이라면 시도할 필요가 없는 거고 작고 어려운 일에도 늘 절망감을 느끼며 살아야 한다는 말 같았다.

다행인 건 주변 사람들이 하는 말이 반은 맞고 반은 틀리다는 거다. 그 틀린 반에 힘을 실어 보자 한 것이, 내 경우에는 다행스러운 면이 많았다.

　누군가의 변화를 보고 내 마음이 조급해질 때가 많았는데 그래서 좋은 자극이 돼줬다.

　'환상.'

　여전히 누군가는 지금 보이지 않는 큰 목표를 듣고 애써 깎아내리기 바쁠 것이다. "그런 건 불가능해. 좀 현실적으로 꿈꿔."라고 말할지도 모른다. 하지만 '사람은 원래 안 변한다'는 말은 아무도 누군가에게 쉽게 할 수 없는 말이다.

　끝까지 해 본 사람 말 아니면, 언제나 반은 틀리다는 걸 믿어 의심치 말자.

'사람은 안 변한다'는 말에 흔들리지 않는
6가지 태도

1. 나의 변화는 남의 경험이 아닌 내 경험으로 결정한다.

2. 단정적인 말들에 무작정 동의하지 않는다.

3. 지금의 어려움이 내 미래를 정의하게 두지 않는다.

4. 변화하지 않는다는 편견은 넘고 싶은 문이다.

5. 내 가능성을 부정하는 사람들과는 거리를 둔다.

6. 끝내 변화한 사람들의 이야기에 더 집중한다.

It's time to look at the sky

09

저도 즉석떡볶이가
정말
먹고 싶었습니다

내가 '돈'이 어떤 의미인지 배운 뼈 맞은 사건이 있다. 그 사건은 떡볶이 때문이었고 대학교 3학년 때였다.

친구들 여럿이 우르르 즉석떡볶이 집에 갔다. 나도 먹는 게 당연한 상황이었다. 하지만 그때 나는 돈이 없었다. 나는 늘 돈이 넉넉하게 있어 본 적이 없었다. 그때는 돈에 쪼들려 학교에 도시락을 싸 들고 다니던 때였다. 거기다 하필 그날은 다이어트를 하겠다며 사과 한 개만 달랑 챙겨 나온 날이었다.

"넌 안 먹어?"

"응, 나는 다이어트 중이야. 사과 갖고 왔어. 이거 먹을 거야."

내 대답이 꽤 자연스러웠는지 모두 그러려니 하는 분위기였다. 보글보글 떡볶이 끓는 소리와 오물오물 먹어대는 소리는 참기 힘들었다. 거기다 볶음밥까지 먹어서 사람을 잡았다.

정말…… 힘들었다. 집으로 돌아오는 길은 말 그대로 영혼이 다 털려 '터덜터덜' 발소리가 날 정도로 힘이 없었다.

우리 집은 종교적으로 믿음이 강했다. 돈보다 더 중요한 것이 있다고 배웠다. 믿음, 사랑, 배려가 더 값진 거라고 배웠다. 돈이 있어서 꼭 행복한 게 아니라고. 그러나 그깟 떡볶이 때문에 나는 '돈'을 배웠다.

나는 부끄러웠다. 주머니에 돈이 있었다면 내일 하는 게 정석인 다이어트를 왜 오늘 꼭 했겠나. 돈이 있었다면 아무 생각 없이 친구들과 재밌게 맛있게 떡볶이를 먹었을 거다. 아무렇지 않게 떡볶이를 사 먹는 친구들 사이에서 내게는 그 작은 돈이 너무 큰 고민이 됐다는 사실이 태어나 처음으로 나를 초라하게 했다.

돈이 없다는 건, 더 많은 걸 가질 수 있다는 의미가 아니라 나에게 선택권이 없다는 의미였다. 누군가의 자유로움 앞에서 작아질 수 있다는 의미였고 기회를 얻거나 결정할 주도권이 없다는 의미였다.

내가 어려서부터 배웠듯, 세상에는 돈보다 중요한 게 정말 많다는 걸 안다. 돈으로 살 수 없는 것도 수두룩하다. 하지만 장발장의 빵 한 조각처럼 그날 내 손에 들린 사과 한 조각은 돈 때문에 처절해져 내 속을 때렸다.

사랑과 마음의 평화만 잘 유지하는 게 정말 중요한 거라고 생각했다. 그래서 가난한 우리 집이 이상하지 않았다. 어쩌면 나는 돈보다 그것들을 더 중요하게 여길 수밖에 없어서 생각조차 해 본 적이 없었을지도 모른다. 우리 집은 계속 가난했으니까.

하지만 그날 이후로 나는 돈을 억지로 멀리하지 않는 마음을 배웠다. 또 돈으로 살 수 없는 소중한 가치들도 함께 두기로 했다. 마음만 갖고 사랑할 수 없듯, 돈만으로 사랑도 가질 수 없다는 걸 놓지 않기로 결심하면서.

돈은 모든 걸 해결해 주지 않지만, 많은 걸 해결할 기회를 준다. 내가 지키고 싶은 더 소중한 것들도 그 틀에서 보호할 수 있다. 따라서 나는 언제나 이 가치 안에서 돈을 소중하게 생각할 것이다.

돈에 대한 현실적인 7가지 태도

1. 돈을 인정하는 건 욕심이 아니라 솔직함이다.

2. 돈이 부족하면 선택의 폭도 좁아진다.

3. 소중한 가치를 지키기 위해 돈도 지켜야 한다.

4. 돈을 부정할수록 돈에 얽매이게 된다.

5. 내 삶의 품위를 유지할 최소한의 돈은 필요하다.

6. 돈과 마음의 평화는 서로 배척하지 않는다.

7. 돈을 잘 다루는 것도 삶의 중요한 기술이다.

It's time to look at the sky.

그 하늘은 너무나 맑았다.

그날 이후로도 맑디맑은 하늘은 삼 일이나 계속됐다.

그리고 나는 퇴사했다.

지금, 부모님 말씀 잘 듣는
착한 어른이
되려고 하는 건 아니죠?

10

어느 봄, 고객을 기다리다 잠시 건물 밖으로 나와 하늘을 올려다봤다. 추운 겨울 동안 웅크려 옷깃을 여미며 지냈는데 봄기운에 올려다본 하늘, 그 하늘은 너무나 맑았다. 그날 이후로도 맑디맑은 하늘은 삼 일이나 계속됐다.

그리고 나는 퇴사했다.

그 하늘을 올려보다 썩어 곪아 터지기 일보 직전이던 마음이 끝내 쏟아져 버린 것이다.

집으로 돌아오는 동안 너무 속상했다. 울고 싶었다. 그러나 소리 내 우는 대신 속으로 엉엉 울었다.

"남들은 멀쩡하게 다 잘하는데 너는 대체 왜 그 모양이니?"

내가 지금껏 부모님께 들은 가장 상처받은 말이다. 한 번도 내가 고장 나 있다고 생각해 본 적 없었는데 그 말을 듣는 순간 정말 고장 나 버린 것 같았다. 그래서 고장 난 채 지내기로 했다. '이미 고장 난 사람이니까 그냥 더 고장 나 버려도 되겠네.'라는 심정으로, 스스로를 방치했고 녹슬게 버려뒀다.

부모님이 말한 '남들 다 잘하는' 분야 중에서 특히 힘들었던 건 사회생활이었다. 은근히 깔린 허례허식, 매일 맞장구쳐 줘야 하는 자기 자랑들, 앞에서는 친절한 듯해도 뒤로는 못살게 구는 대표와 그의 측근들.

그 몹쓸 사회생활이란 환경에서 주 6일 일평균 10시간을 버티기엔 내 정신이 남아나질 않았다.

'남들은 멀쩡하게 회사 잘 다닌다'는 말이 믿기지 않았다.

분노 억제제를 먹던가, 아니면 단체로 최면에 걸리지 않고서야 어떻게 정상인이 이 사회생활이란 것에 멀쩡할 수 있고, 만족한단 말인가!

그 분명한 의구심에도 나는 참았다. 영하로 떨어진 좁아터진 공간에서 참았고, 대표가 여직원을 성추행하는 것도 모른척했다. 편의 시설도 거의 없다시피 한 열악한 환경도 참았고, 세금을 탈세하고 정치색을 강요해도, 내 키가 크다고 놀려대도 참았다.

왜? '남들은 멀쩡하게 다 잘한다고 하니까!' 이걸 못 버티는 건 내 '장애'니까.

퇴사는, 그런 장애가 있는 나에 대한 일부의 '인정'과 회사가 나랑 맞지 않아서라는 일부의 '위로'였다. 하지만 나한테 화가 났다. '정말 나에게 문제가 있는 게 아닐까?'라는 문제의식이 속을 가득 메웠다. 벌써 세 번째나 느껴야 하는 이 메스꺼운 느낌.

침대에 누워서 일주일을 꼬박 보냈다. 그러다 나 자신을 바라봤다. 내 머릿속에 강하게 주입된 고정 관념들을 하나하나 천천히 돌아봤다.

'나는 왜 부모님 말씀에 그토록 집착했을까?'

'부모님 말씀이 나에게 맞지 않는 관점이라면 나는 틀린 걸까?'

나는 코끼리였다. 사자도 무서워할 만한 힘을 갖고도 어릴 적 채워진 수갑에서 절대 벗어날 수 없다고 느끼는 코끼리였다. 조련사의 회초리로 머리를 얻어맞으면서 시키는 재주를 잘하면 칭찬받는 코끼리.

어릴 적 부모님이 말한 온갖 것들이 단단한 밧줄처럼 고정된 생각으로 나를 붙잡고 있었다. 빠져나가고 싶었지만, 왠지 그렇게 하면 안 될 것 같고 잘못하는 건 아닌지 혼란스러웠다. 나는 덩치만 큰 코끼리가 돼 있었다.

지난 과거를 돌이켜 보니 나는 부모님 말씀을 지키기 위해 너무 애를 썼다. 잘 해내든 못 해내든 늘 부모님이 제시한 것들에 더 맞게 행동하려고 노력했다.

성인이 되고 내가 가고 싶은 방향이 설 때 "전, 제 갈 길을 가 볼게요."라고 담담하게 말했다면 어땠을까? 하지만 뭔가 확실하게 내 뜻이 서지 않아서 당당하게 말하지 못하고 따르려던 그때의 나를 조용히 되돌아본다.

내 유전자는 부모님과 닮았다. 그러나 외형적인 모습이 아무리 비슷해도 나와 부모님은 엄연히 다른 존재다. 유전적으로 비슷할 뿐 전혀 다른 인격체다. 가족이라는 틀 안에서 엄청난 확률로 만난 소중한 관계지만 닮았다는 이유로 같은 삶을 살게 될 확률은 거의 제로다.

부모님이 산 1980년대 세상 경험이 내가 사는 2020년대에 맞을 리 없다. 결국 부모님과 나는 다른 시대를 사는, 유전적으로만 닮은 인간일 뿐이다. 내 자식, 내 부모, 가족이라는 틀을 넘어 서로 다른 인격체와 존재들이 한데 어우러져 있는 관계다.

때문에 우리 모두 더 성숙해지기 위해서 반드시 인정해야 할 과제가 있다.

군군신신부부자자(君君臣臣父父子子)

임금은 임금답게, 신하는 신하답게, 아버지는 아버지답게, 아들은 아들답게 행동하라는 논어(論語)에 나오는 표현이다. 부모와 자식이 각자 자리에서 맡은 역할을 다하면 자연스레 성숙한 부모 자식 관계가 만들어질 것이다.

부모님 말씀을
무조건 믿을 필요 없는 7가지 이유

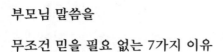

1. 부모님도 완벽한 사람이 아니다.

2. 그들의 가치관이 내 인생에 꼭 맞는 것은 아니다.

3. 시대가 변하면 정답도 달라진다.

4. 경험에서 나온 조언일 뿐, 절대적인 진리는 아니다.

5. 부모님이 내 삶을 대신 살아줄 수는 없다.

6. 부모님의 걱정이 항상 현실이 되는 것은 아니다.

7. 결국 선택과 책임은 내 몫이다.

It's time to look at the sky

나는 코끼리였다.

사자도 무서워할 만한 힘을 갖고도

어릴 적 채워진 수갑에서

절대 벗어날 수 없다고 느끼는

코끼리였다.

It's time to look at the sky.

하늘을 봐, 바람이 불고 있어

어떤 관계는 정말

식물을 키우는 것 같은가 보다.

가뭄에 모든 나무와 식물이 죽지 않는 것처럼,

긴 시간 마르지 않는 관계도 있는 것 같다.

11

친구야! 고생했다!
결혼식 꼭 갈게!

오랫동안 떨어져 있다가 만나도 서로를 그대로 다시 느끼게 하는 사람이 있다. 떨어져 있는 시간 동안에도 전혀 시들어 있지 않은 관계. 마치 각자 커다란 물탱크 하나씩 이고 지고 있어서 마를 만하면 물이 흘러내려서 시들지 않게 한 것 같은, 그때 그대로인 사람 사이가 있다.

몇 년 만에 멋쩍게 웃으며 마주 앉은 친구가 그랬다.

저장되지 않은 번호로 걸려 온 한 통의 전화는 꽤 가깝게 지내던 친구였다. 서로 자주 만나고 생일도 챙기던 사이인데 각자 사는 게 바빠져 연락이 뜸해지다 아예 소식이 끊어진 친구였다.

가끔 생각이 났지만, 너무 오래 소식 없이 지내다 보니 쉽게 연락하기 어려웠다. 그런 친구가 먼저 연락을 해 왔다. 정말 고마웠고 반가웠다. 당장 만나기로 하자 친구는 뜸 들이지 않고 한걸음에 달려와 내가 있는 카페에 마주 앉았다.

"내가 좀 아팠어……. 그래서 아무하고도 연락을 못 하고 지냈네."

친구는 회사에 다니다 공황장애가 왔고 회사를 그만두고 긴 치료를 받고서야 이제 조금 나아진 상태라고 했다.

"나 아픈 동안 곁에 있어 준 여자 친구가 있어. 나 그 친구와 이번에 결혼해. 내가 연락을 끊고 살아서 결혼식에 부를 친구가 없네. 갑자기 찾아와서 결혼 얘기를 해서 너무 미안하다. 부끄럽다. 내가……."

마음이 무너지듯 아팠다. 내가 먼저 연락하지 못했던 게 미안해서 마음이 아팠고 그렇게 긴 시간 혼자 아팠다는 게 미안했다. 청첩장을 건네며 미안해하고, 부담스러울까 봐 걱정하는 마음에 아픈 죄책감이 들었다.

"당연히 가야지."

"고마워."

내 말에 친구는 너무나 고마워했다. 하지만 정말 고마운 건 나였다.

결혼을 앞두고 초대할 사람이 없는 그 조마조마한 마음에 수없이 떠올린 많은 친구 중 한 명이 나라는 게 고마웠다. 나만은 와 줄 것 같았다는 그 생각이 고마웠다. 비록 오랜 시간 서로 멀리 떨어져 있었고 그사이 많은 것들이 변했지만, 다시 만나 웃고 이야기할 수 있는 친구라는 게 감사했다. 그리고 힘든 그 시절, 어떤 일에도 언제나 달려와 줬던 그 친구와 다시 만날 수 있게 돼서 감사했다.

어떤 관계는 정말 식물을 키우는 것 같은가 보다.

가뭄에 모든 나무와 식물이 죽지 않는 것처럼, 긴 시간 마르지 않는 관계도 있는 것 같다.

뜸했던 관계를 회복하는 7가지 방법

1. 뜸했던 기간에 위축되지 말고, 자연스럽게 다시 연락해 본다.

2. 과거의 좋은 기억을 꺼내어 서로의 소중함을 환기한다.

3. 먼저 연락을 준 상대에게 '미안함' 대신 '고마움'을 전한다.

4. 불필요한 이유로 관계를 복잡하게 만들지 않는다.

5. 떨어져 있던 시간을 탓하지 않고 서로의 입장을 존중한다.

6. 사소한 안부와 따뜻한 관심을 꾸준히 표현한다.

7. 다시 가까워지는 속도를 재촉하지 않고

천천히 서로에게 스며든다.

It's time to look at the sky.

12

우리
이러지 맙시다

사업을 처음 시작한 친한 형은 깔끔하게 잘 차려진 사무실에 직원이 세 명이나 있었다. 사무실에 처음 갔던 날, 사장님이 된 형이 신선하고 놀랍기만 했다.

형과 이런저런 얘기를 나누던 중에 직원 한 명이 사색이 된 표정으로 안절부절못하며 형에게 다가왔다.

8년 만난 남자 친구 어머니가 돌아가셨다며 오늘 일은 거의 다 마무리됐고 퇴근까지 3시간 남았지만, 반차를 내도 좋으니 퇴근하게 해 달라고 했다.

'세상에! 요즘 같은 시대에 8년 동안 연애를 한 사람이 다 있다니······.' 속으로 생각했다. 이 정도면 거의 시어머니와 같은 상황이라고 볼 수 있을 것 같았다.

"알잖아. 우리 회사는 원칙상 연차, 반차 전부 전날 자정까지잖아. 그리고 직계 가족도 아니잖아!"

너무 놀랐다. 형이 만든 회사고 형만의 원칙에 따르는 게 맞다. 틀린 말도 아니다. 하지만 그렇게까지 해야 할 일인지 당황스러웠다. 내 얼굴이 화끈거렸다. 형은 회사 성공의 가장 중요한 요건으로 '냉정한 이성'을 최우선으로 하기로 했나 보다.

하지만 역사 속 대단한 성공담에는 이성과 감정을 조화롭게 균형 잡은 이들이 정말 많다. 냉정함을 유지했지만 인간적인 감정을 소홀히 하지 않은 예들이 수두룩하다. 현대의 기업가 중에도 이성적인 판단이 중요한 순간, 감정의 흐름을 이해하고 때로는 자신과 상대를 적절히 녹여 담아 전략적으로 행동했다.

성공적인 지도자들 역시 냉철함만으로 자신을 드러내지 않았다. 독재자도 그걸 잘 알아서 '거짓' 퍼포먼스를 꾸며서라도 대중의 환심을 사가며 독재를 일삼았다.

사전에서 냉정(冷靜)이란 단어 뜻을 찾아보니 '생각이나 행동이 감정에 좌우되지 않고 침착함'이라고 나온다. 감정에 좌우되지 않는다는 게 고려하지 않는다는 뜻은 아닐 거다. 내가 상대하는 대상은 감정을 가진 인간이다. 인간의 생존 방식을 쪼개고 쪼개서 모래알만큼 작게 분류해 나가다 보면 인간=감정이라고 철학적 결론을 낼 수 있을지도 모른다. 그만큼 인간은 감정이라는 본바닥 위에 사는 존재다.

그러니까 냉정함이란 단어의 묶음 처리된 깊은 뜻에는 때로는 감정을 고려하면서도 이성적인 선택을 할 수 있는 상황적 능력이라고도 할 수 있지 않을까. 두 가지의 균형으로 더 나은 결정을 이끌어내는 힘이라고 말이다.

분명, 감정을 조절하지 못하면 성공하기는 힘들다. 하지만 이심전심 감정의 뿌리를 인정하는 범위의 이성적인 판단은 기대 이상의 큰 이상적인 상황을 만들어 줄지 모른다. 이미 이 사실을 역사와 현대 지도자, 성공한 사업가들이 증명했다.

인간의 기본 감정까지 무시하고 냉정하게 행동하는 사람들은 세상을 등지고 서 있는 사람 같다. 세상에서 잘나고 잘 살려고 돈 버는 거면서 세상 등지고 서 있는지도 모르고 '앞으로 전진!'을 외친들, 그 외침을 듣고 함께 나갈 사람은 없다. 결국은 소외돼 가고 있는 줄도 모를 뿐. 다만 시간이 더 지나야 알게 될 일일 뿐이다.

더 탄탄해지는 게 아니라 지금 서 있는 자리를 위태롭게 바닥부터 갉아 내는 걸 모르는 거 같다. 감정과 이성은 서로 다른 양극이 아니다. 이 둘은 서로 유기적으로 합해졌다 조금 멀어지기를 반복하면서 언제나 함께하고 있다.

고로 잘 쓰는 놈이 강자다.

감정을 이성적으로 다스리는 현실적인 7가지 방법

1. 강한 감정이 찾아오면 잠깐 멈춘다.

   - 즉시 반응하지 않고 5초만 참으면 후회할 말을 줄일 수 있다.

2. 마음이 불안할 때는 그 감정을 글로 써본다.

   - 눈으로 객관화하면 감정이 덜 위협적으로 느껴진다.

3. 감정을 인정한 뒤 '이 감정이 나에게 유리할까?' 질문한다.

   - 감정이 옳은지 그른지를 판단하는 대신 그 유용성을 따져본다.

4. 스스로에게 '친구라면 어떻게 조언할까?'라고 묻는다.

   - 타인의 입장에서 생각하면 의외로 해답이 보인다.

5. 감정이 과도할 때는 일부러 몸을 움직여본다.

   - 산책이나 스트레칭 같은 간단한 신체활동만으로도 기분 전환이 가능하다.

6. 중요한 결정은 감정의 파도가 지나간 다음 내린다.

   - 감정은 바람처럼 지나가지만, 결정의 영향은 오래 지속된다.

7. 작은 감정의 변화에도 스스로를 너무 자책하지 않는다.

 ● 감정에 흔들리는 건 인간적이고 자연스러운 일이니까.

It's time to look at the sky

내 걱정한답시고 건넨 말은

내게 그저

'나약한 감성주의자'가 하는

한가롭고 한심한 말 같았다.

13

바보같이
사람을 잃는 청춘

"네가 성공하고 나서 망가질까 봐 걱정돼. 무너질까 봐 말이야."

무조건 성공하겠다는 집착에 휩싸여 지내던 때, 친했던 형은 종종 내게 말했다.

그날 나는 형의 이 말에 곧바로 이렇게 대답했다.

"얼마든지!"

그랬다. 성공만 할 수 있다면 내가 얼마든지 망가지고 무너지고 혼자가 돼도 상관없다는 뜻이었다. 성공은 아무나 하는 것도 아니고 뭐 하나 잘해서만 되는 것도 아니니까. 복잡하고 미로 같은 여러 요소와 행운까지 있어도 될까 말까 한 거니까.

　미치게 매달리면 얻어져야 하는데, 그것만 보고 달리면 골인해야 하는데, 그런 일차원적인 공식으로는 도저히 설명되지 않는다는 걸 절실하게 깨달아가던 때였다.

　이런 상황에서 형이 조언이랍시고, 내 걱정한답시고 건넨 이 말은 내게 그저 '나약한 감성주의자'가 하는 한가롭고 한심한 말 같았다. 분명히 이 말 이상의 대꾸나 별다른 말을 한 것도 아닌데 형은 조용히 고개를 끄덕이고는 응원하겠다고 말했다.

　아무리 기억해 봐도 나는 '한심하게 들리니까 그런 말 나한테 좀 하지 말아줄래?'라고 속으로만 했지, 겉으로는 말하지 않았다. 분명히.

　그러면서도 내심 내가 형에게 성공의 자세에 관해서 한 수 보여준 것 같은 뿌듯함이 있었다. 감성주의자의 사고를 반박하고 내 신념과 가치로 뭔가 보여줬다는 생각이 들었다. 그때나 지금이나 내게 소중한 사람인 그 형에게 나쁘게까지 보일 생각은 없었으니까.

하지만 그날 이후로 형과 나는 완전히 멀어졌다. 당시에는 나도 깊이 생각하고 싶지 않았다. 아무리 좋은 형이라도 가깝게 지내는 사람인데 이런 나약한 감성주의자와 함께 계속 가깝게 지내지 않는 편이 좋을 것 같았다. 내 성공에 방해가 될 뿐이라는 생각이 들었었다.

지금의 나는, 속으로 내가 한 말에 동의하지 않거나 때로 전혀 납득되지 않으면서도 자기 속내를 감추고 말하는 사람의 말에 고개를 끄덕여 준다. 적당한 멘트도 건넨다. 상대가 나를 어떻게 느끼는지 훤히 느끼지만 그렇다. 지금 생각하면 아마 그때 형도 내가 속으로 한 말을 훤히 들었던 것 같다.

지금 내가 가진 것을 얻기 위한 과정에서 희생된 것들이 아쉽다. 되돌아 갈 수 있다면 나는 그때의 형과 다시 마주하고 싶다. 그때 내게 하고 싶었던 말이 뭐였는지 듣고 싶다.

성공만 좇는 사람이 놓치기 쉬운

인생의 7가지 조언

1. 건강은 한 번 무너지면 되돌리기 어렵다.

2. 가까운 사람들과의 시간이 돈보다 가치 있다.

3. 실패 속에서도 배울 점이 많다.

4. 자신을 위한 여유와 휴식이 오히려 성과를 높인다.

5. 타인의 인정보다 스스로 만족하는 삶이 중요하다.

6. 순간의 행복을 미루다 보면 끝없이 뒤쫓게 된다.

7. 결국 남는 것은 성취가 아니라 관계다.

It's time to look at the sky

14

저, 이제
그냥 청소해요!

'효율적인가? 또는 효율성이 좋은 방법인가?'

뭔가 하려고 계획하기를 좋아하고 계획을 해야 몸이 움직이는 '비효율적'인 나는, 무슨 일이든 이 생각을 꼭 하게 된다. 뭐든 가장 효율적인 방법을 찾아낸다고 거북이 목을 하고 웅크려 그걸 찾아내는 데 온 정신 에너지를 쏟아붓는다.

그렇게 효율적인 동선, 효율적인 하루, 효율적인 시간 분배, 효율적으로 해야 할 목록을 쓰고 '움직이기로 해야' 안심이 된다. 문제는 그 효율적인 계획을 참 멋지게 세워 놨는데 이 '몸'이 그 효율적인 방법을 따라가지 못할 때다.

그런 목록이야 수없이 많지만, 그중에 가장 반항심이 큰 게 청소다. 정말 잘 좀 하고 싶어서 여러 방법도 찾아 놓고 유튜브에서 청소 잘하는 법도 배워 놨다. 한데 어째서 이 효율적인 노력에도 불구하고 그 시작이 안 되나 이만저만 고민스러운 게 아니었다.

고민이 너무 되던 어느 날, 고민이 너무 돼서 고민을 안 하기로 해 봤다. 청소할 계획을 너무 효율적으로 잘 짜놔서, 안 그래도 잘하지도 못하는 그 청소에 지쳐버렸기 때문이다. 그래서 고민을 내려놓고 그냥 움직이기로 했다.

당장 눈에 들어오는 것부터 하나씩 치워나가기 시작했다. 그랬더니 정말 '비효율적'이었다. 조막만 한 물건 하나 들고 가로세로 사선으로 집 전체를 말도 안 되는 동선으로 엄청나게 걸어 다녔다.

'이건 좀…… 진짜 아닌 거 같은데.' 같은 생각이 절로 들었으나 다시 '효율적인 고민'을 할 엄두가 안 나서, 비효율적으로 하던 것을 마저 하기로 했다.

결국 그날 청소를 끝냈다. 웃긴 건 청소만큼은 지금도 그렇게 하고 있다는 거다. 정말 효율적인 걸 좋아하는 세세한 계획 마스터인 내가, 그렇게 하지 않는 한 어떻게 청소할지 고민하다 시간을 엄청나게 지체하고 결국엔 포기할 걸 아니까.

그러고 보면 우리는 참 효율적인 걸 좋아한다. 효율적인 건 최적의 결과라는 뜻도 되니까. 한데 효율성에만 초점을 맞추는 게 좀 문제다. 제아무리 대단한 효율적인 효율성을 찾아도 안 하면 그만이지 뭐.

또 목적에만 초점이 너무 맞춰있어서 실제 움직이는 노력, 과정은 중요한 취급을 받지 못한다. 사실 성장은 거기서 다 나오는 건데.

여하튼, 나의 엉망진창 비효율적인 청소는 잘 진행되고 있다. 하면 할수록 동선이 좀 정리가 된다. 점차 가속도가 붙고 있고 효율적인 방법이 저절로 나오고 있다.

여전히 나는 '효율적인 효율성'을 굉장히 중요하게 생각하고 있으나 그 효율을 고민하다 멈춰 있거나 포기할 수 있는 단점도 있다는 걸 깨닫고 있다. 눈앞의 쓰레기 하나부터 치워가면서.

당장 행동력을 높이는 현실적인 방법 6가지

1. 고민하기 전에 눈앞의 가장 작은 일부터 해본다.

2. 행동할 시간을 정해두고 딱 그 시간만큼만 움직여본다.

3. 완벽한 계획 대신 시작할 이유만 생각한다.

4. 효율이 아니라 습관부터 만든다는 마음으로 시작한다.

5. 한번 시작하면 끝까지 하지 않아도 된다고 스스로 허락한다.

6. 비효율적으로 시작하면 결국 효율은 따라온다는 걸

기억한다.

It's time to look at the sky

뼈 때리는,
아주 귀한 명언을 주신
박명수 님!

15

'참을 인(忍) 세 번이면 호구다.'

박명수 씨의 주옥같은 명언이다. 맞다. 매사 참는 건 득(得)도 아니고 능사(能事)도 아니다.

어느 날, 어떤 인플루언서에게 연락이 왔다. 우연히 어떤 개정에서 내 브랜드 콘텐츠 툴과 양식이 모두 똑같은 걸 봤다는 거다. 바로 확인해 보니 정말 우리 브랜드를 그대로 복사한 것처럼 운영하고 있었다. 관리자에게 통화 요청을 해서 겨우겨우 연락이 닿았는데 황당한 건 그의 반응이었다.

"제가 최근에 읽은 책이 있는데, 『베끼려면 제대로 베껴라』라는 책이었어요. 그래서 그랬어요."

이 무슨 황당한 말인가! 정말 화가 났지만, 상대할 사람도 아닌 것 같았다. 그래서 "당장 조치를 취하고 다시는 같은 일로 연락하지 않도록 하자."라고 경고한 뒤 전화를 끊었다.

다음 날, 출근한 디자이너가 그랬다.
"베끼는 사람들은 왜 그럴까요? 정말 힘들게 만든 건데요."
아차, 싶었다. 그렇게 처리하고 끝낼 일이 아니었다. 나만 적당히 하고 넘기면 되는 게 아니었다. 모두 함께 하는 일이기 때문에 모두에게 문제 될 일이었다. 그래서 확실히 짚고 넘어갈 문제로 처리했다.

참지 않는 게 매번 최선도 아니지만 매번 적당한 선에서 넘어가 주는 것도 최선이 아니다. 내가 괜찮으니 넘어가는 일도 그 처리 방식에 상처받는 주변 사람이 있을 수 있다. 내가 참아서 모두 좋은 일은 자기희생이라도 되지만, 내가 참아서 주변 사람까지 아프게 하는 건 덜떨어진 거다.

그 기준에서 보면 어지간한 건 참을지 말지 거의 다 나온다.

혼자 참느라 지친 당신을 위한
6가지 진심 어린 조언

1. 내 참음이 다른 누군가의 상처가 될 수도 있음을 기억한다.

2. 억지로 괜찮다고 말하면, 주변 사람들도 함께 지친다.

3. 무조건 참는 것이 미덕이라는 생각부터 내려놓는다.

4. 경계를 분명히 세우는 건 이기적인 게 아니라 현명한 것이다.

5. 주변 사람들을 위해서라도 문제를 확실히 짚고 넘어간다.

6. 내 마음이 힘들다면 괜찮은 척하지 않고

표현하는 용기를 낸다.

It's time to look at the sky

젊은 선생,

우린 너무 오랜 시간을

거짓으로 살아왔어요.

그래서 솔직한 내가 뭔지도 몰라요.

선생님처럼 젊으면 모르겠지만

나이 많은 우리가 이제 와서

솔직하게 사는 걸 해낼 수 있을지

모르겠어요.

하지만 해 봐야지 뭐.

16

여러분,
이 시 한 번 읽어 보세요!

꽤 많이 퍼진 시 한 편이 있다. 늦게 한글을 배워서 쓴 어느 할머니의 시다.

어린 시절
내 동생 공부 시키려고
나는 글을 못 배웠네
젊어서는 눈치로 살았네
자식 낳고 살면서
글을 못 배운 것이 후회되어
60대 중반 돼서야
글을 배우게 되었네

동생한테 글 배우러 다닌다 하니
내 동생이
'언니, 미안해'하고 말하네

나는 '괜찮아'했네
왜냐하면 지금 나는 행복하니까

- 황민순 -

내가 알 정도로 유명해진 건 아마도 늘그막이 배워 쓴 할
머니의 시에서 느껴지는 '있는 그대로' 때문이었나 보다.

작가면서 노인 복지관에서 글을 가르치는 아는 강사님의
말로는 할머니, 할아버지분들과 수업하면 배울 게 많다고 했
다. 어른들은 뭐라도 하나 놓칠세라 웬만한 학생 뺨치는 수
준으로 필기를 잘하신다고 들었다. 그 연세의 뜨거운 열정을
보고 있자면, 존경스럽고 감동적이라 본인도 더 열심히 가르
치며 더 열심히 살게 된다고.

그 강사님과 나눈 대화 중에 나도 꽤 큰 감동을 받은 말이 있다. 어느 어르신 한 분이 하신 말이라고 했다.

"젊은 선생, 우린 너무 오랜 시간을 거짓으로 살아왔어요. 그래서 솔직한 내가 뭔지도 몰라요. 선생님처럼 젊으면 모르겠지만 나이 많은 우리가 이제 와서 솔직하게 사는 걸 해낼 수 있을지 모르겠어요. 하지만 해 봐야지 뭐."

원래도 작가였던 강사님은 이 대화에서, 또 수업에서 어른들께 배우는 솔직함에 푹 빠져 있었다. 진실을 담은 글, 마음에 와닿는 글을 쓰는 데 큰 도움을 받았다면서.

그렇다. 황민순 할머니의 시에는 화려한 말이 없다. '젊어서는 눈치로 살았네'라는 글에 솔직함만 가득 담겨있다. 이 기회로 내가 이 솔직함을 배우지 못했다면 나도 어쩌면 육십이 아니라 칠팔십까지 배우지 못 할 뻔했다.

착한 척, 이해심 많은 척, 무섭지 않은 척, 상처받지 않은 척, 잘하고 있는 척, 조바심 나지 않은 척, 잘 풀리고 있는 척,

쓰라면 한 바닥 넘게도 쓸 수 있을 것 같은 그 많은 척을 하고 사느라 바빠서 솔직하게는 못 살 뻔했다.

솔직하게 말하면 사람들이 나를 약한 사람으로 볼 것 같았다. 솔직하게 말해서 약점이 될까 봐 걱정했었다. 약점 잡히고 싶지 않아서, 정교하고 교묘하게 위장하며 감정을 감추기에 급급했다. 그나마 다행이다. 늦지 않고 알게 돼서.

더 늦게 할아버지 돼서야 주먹으로 답답한 가슴 두드리면서 나답게 못 산 나 때문에 열받지 않게 돼서.

이제껏 내 삶을 가둬온 7가지 거짓말

1. 솔직함은 약점이다.

2. 감정을 드러내면 미성숙한 것이다.

3. 늦게 시작한 배움은 가치가 없다.

4. 나이 들수록 도전은 위험하다.

5. 사회생활은 가면을 쓰는 것이다.

6. 진심보다 그럴듯한 포장이 중요하다.

7. 행복은 타인의 인정에 달려있다.

It's time to look at the sky.

17

(죽자고)
용씀

"괜찮아. 어차피 잘 해결될 거야. 너무 신경 쓰지 마."

선배가 말했다. 버스 정류장 기둥에 온몸이 찌그러질 듯 기대 서 있는 쭈글탱이 나에게 상황을 모두 듣고 난 뒤 선배가 해 준 말이다. 일단 퇴근하려고 회사 밖으로 나왔지만, 팀장님부터 부장님까지 줄줄이 호출될 만큼 심각한 실수를 했다. 아버지 생신에 맞춰 월차를 낸 선배까지 내일 복귀 조처가 떨어졌다.

전화를 끊고 뱃속 호흡이 다 빠져나가는 듯한 깊은 한숨이 쏟아져 나왔다. 그때 천근같이 무거운 머리를 들어 하늘을 올려다봤다. 이대로 주저앉을 수 없다는 생각이 내 시선을 하늘 위로 밀어 올려놓은 것처럼.

참고 견디면 시간이 해결해 준다는 말, 참 많이 듣는다.
그래서? 정말 시간이 그렇게 많은 걸 해결해 줬던가? 아니, 그렇지 않았다. 들끓던 열망이나 고통이 무뎌지고 사라지고 옅어져서 희석된 채 사라진 것처럼 느낀 일이 얼마나 많았는지 누가 세어보기라도 했던가!
참고 견디면 이길 날이 온다고 배웠지만, 문제가 터진 이런 순간에도 그 알량한 말을 곧이곧대로 믿어야 할지 의문이 들었다.

2018.06.07. PM 18:12
너무 막막하다. 팀장님은 괜찮을 거라고 말하지만, 정말 그럴까? 부장님이 불려 가고 선배까지 출근한다니……

7년 전 날짜의 휴대폰 메모장은 글 몇 줄 속으로 묶음 처리돼, 숨쉬기 힘들 만큼 복잡했던 마음으로 남아 있다.

여리디여리고 어린 내가 느껴지기도 하고 숫기라곤 어쩜 그리 밥그릇 하나만도 없었는지 애처롭기도 하다. 과거로 날아가서 아무 말도 못 하고 속앓이만 하는 내 앞에 나타나 슈퍼맨이 돼 주고도 싶다. 몇 글자라도 뭔가를 기록해 놓으려던 나를 대견해하면서 말이다.

결국 나는 그날 버스 정류장을 벗어나 회사로 다시 돌아갔다. 선배의 말처럼 '다 잘될 거야'에 편승해서 나 역시 '그래 잘될 거야'라고 믿어버리는 것으로는 아무것도 해결되지 않을 거라고 생각했기 때문이다. '뭐든 해 보자'라는 생각은 정말 뭐라도 해 보게 했다. 그런 몸부림이 얼마의 효과를 냈는지 결국 부장님 호출 선으로 마무리됐고 월차를 냈지만 출근했던 선배도 조금 늦었지만 아버지를 뵈러 떠날 수 있었다.

최근 들어 나는, 나에게 자주 묻는다. '지금, 이 순간 나는 정말 문제에 뛰어들어 있을까?' 아니면 '어떻게든 돼 가는 중'이라고, 조금은 소극적으로 처신하고 있는 건 아닐지 스스로에게 캐묻는다. 어쩌면 불편한 생각거리들을 헤집고라도 내려야 할 결정과 직접적인 해결을 피하고 미루거나, 현실에서 도망치고 있는 건 아닐지를 말이다.

7년 전 내가 그저 잘 처리되기를 바라는 마음을 꽉 붙잡고 집으로 가는 버스에 올랐다면! 밤새워 뒤척인 새벽을 지나 그대로 짐스러운 톤의 무게를 느끼며 아침을 맞이했다면 어땠을까!

과거는 '가정'이란 게 쓸모없다지만 나는 그날의 내 결정이 오늘의 숱한 문제를 대하는 '나'로서의 첫 출발의 바탕이 돼 줬다고 생각한다. 문제를 외면하고 도망치지 않았던 작은 행동이 있었기에 그 힘의 크기만큼 문제의 크기가 작아진 채 결론지어졌다고 믿는다.

때로 너무 많은 선택지를 고르다, 실제보다 더 큰 무한 상상의 확장 버전이 스스로를 옭아매기도 한다. 하지만 참는 것을 우선하고 지나치게 낙관만 하는 것은 '긍정적'이라는 의미를 벗어난 행동이라고 생각한다. '이겨내는 인내'는 스스로를 성장시키지만 '도망치는 방식의 인내'는 사람을 옭아

매고 상처를 더 키울 뿐이다.

　근래의 나는 '문제에서 도망치고 있지 않다'는 답을 확인할 때마다 행동할 용기를 얻는다. 실수를 극복하고 다시 회복하는 건 '시간이 답'이 아니라 발 벗고 나서서 문제로 들어가 행동하는 것이란 사실을 알았기 때문이다.

실수를 빠르게 극복하는 8가지 방법

1. 실수를 인정하고 변명하지 않는다.

2. 감정을 다스리고 스스로를 비난하지 않는다.

3. 문제의 핵심을 정확히 파악한다.

4. 같은 실수를 반복하지 않도록 해결책을 찾는다.

5. 잘못을 바로잡을 수 있는 행동을 즉시 실행한다.

6. 배운 점을 기록하고 다음에 적용한다.

7. 너무 오래 끌지 말고, 다음 할 일에 집중한다.

8. 실수도 성장의 일부라는 사실을 기억한다.

It's time to look at the sky.

남들과 다른 길＝
이상한 사람

내가 하고 싶은 걸 제일 잘 아는 사람은 나다. 내가 뭘 하고 싶은지 찾지 못하는 과정은 있어도, 내가 제일 좋아하는 게 뭔지 모르는 사람은 없다.

그 좋아하는 게 먹고 살기에 괜찮은 건지, 직업으로 택해도 괜찮을지 답을 내야 할 때만 헷갈리는 거지, 진짜 딱 내가 좋아하는 게 뭔지 모르는 사람은 거의 없다.

시간 가는 줄 모르고 하는 거, 시간만 나면 하고 싶은 거, 할 때 아무 잡생각 안 나는 거, 할 때 신나는 거, 말하라고 하면 누구는 한 가지 누구는 서너 가지 이상도 말할 수 있다.

한데 이 좋아하는 것을 두고 인생에서 꼭 찾아내라고 종용받는 게 '할 것'이고 그 할 것이란 것 중에 가장 선호하는 게 의사, 변호사, 대기업 종사자 등이다. 이 '할 것'들에 포함되지 않은 경우 2차 선택지로 종용받는 게 '안정된 길', 즉 안정된 직장이다.

문제는 주변에서 안전한 길이라고 아무리 추켜세워도 내가 좋아하지 않을 때, 결국 언젠가는 튕겨 나간다는 거다. 삐걱거리다 부러지는 의자처럼 어느 순간 헛수고인 경우가 많다.

안정적인 길에 안착했던 의사 선배가 돌연 그림을 그리겠다며 병원 문을 박차고 나왔다. 명성 자자하게 잘 안착했다던 변호사 선배는 아는 사람 하나 없는 해외로 훌쩍 떠나 선택지에 전혀 없던 다른 인생을 살기 시작했다.

'쳇, 배불러서 저러는 거야?' 그 얘기들을 들을 땐 순간 배알이 꼬이는 것 같았지만 금세, '아, 그 길이 자기 길이었나 보다.' 싶었다.

검증된 안전한 길은 분명 확실히 매력적이다. 실패를 줄일 수 있는 선택지니까 큰 탈 없이 무척 안정적이다. 돈 벌고 잘 산다는 사람 중 여럿이 그들 중에서 나오니까.

하지만 맞지 않으면서 계속 그 속에서 사는 사람 중에 우울한 사람이 무지하게 많다. 이제 와서 뛰쳐나올 수도 없는 상황이라 버티는 사람도 꽤 많다고 들었다. 또 누구는 고삐가 빠져 버리고 나서야 '도대체 나는 뭘 위해 이 길을 달려왔지?'라는 내적 갈등에 사로잡히기도 한다. 단정 지어 말하는 게 아니라 왕왕 들리는 말이 그렇다. 평안 감사도 제가 싫으면 그만이랬으니까.

이미 엎질러진 물처럼, 나 역시 한동안은 남들 말대로 하는 게 최선이라고 생각하며 살았다. 덕분에 일정 부분 얻은 것도 많고 배운 것도 많다. 덕분에 인생 궤도를 수정해야 한다는, 여기서 뛰쳐나가야 한다는 정보를 캐냈으니 밑지는 장사는 아니었다.

답답하고, 몸속이 텅 빈 것 같은 공허를 느끼게 해 줬고 진짜 내가 원하는 삶이 맞냐는 질문을 수백 번 던져 머리가 깨질 것 같은 고민을 줬으니 이득 본 셈이다. 제대로 된 선택인지 마음 한구석이 무거워 끝없이 스스로 묻게 했으니 '따봉'이었다.

결국 지금의 나는 이렇게 정리하고 싶다.

안정적인 길을 택하든, 새로운 도전을 하든, 내가 뭘 하고 싶은지 그것부터 중요하게 손꼽아봐야 한다는 것. 누구의 충고나 협박으로 결정될 일이 아니라는 것. 누구도 나를 나 자체로 알 수 없다는 것. 나는 나만의 길이 있고, 부모는 부모의 길이 있으며 우리 모두 제각각 자기가 가야 할 자기만의 여정이 있다는 것이다.

누군가 정말 잘 됐다는 이야기를 듣고 그 정보로 다른 길을 가려고 해도 그건 그의 길이었지, 내가 똑같은 길을 갈 수는 없다. 똑같이 해도 다른 결과가 나오는 게 각각의 특색에 따라 다르게 설계된 인간이기 때문이다.

우리는 내 방식으로 살아가야 한다. 결정해야 할 순간에 필요한 건 '내가 진짜 원하는 게 뭔가?'라는 답에 가장 근접한 선택이다.

이제라도 누군가 "그래도 안정적인 길이 최고야. 그렇게 살다간 후회할걸!"이라고 조언으로 꾸민 참견을 하면 눈 내리깔고 "그러게요. 그래도 저는 제 인생 루트를 계속 파려고요."라고 질러 버리자.

안정적인 길을 선택하지 않는 게
더 나을 수 있는 6가지 증거

1. 남들이 좋다는 길이 나에게는 맞지 않을 수 있다.

2. 익숙함을 벗어나야 나만의 강점을 발견한다.

3. 실패 속에서 예상치 못한 기회가 열리기도 한다.

4. 나다운 삶이 결국 더 큰 행복을 가져온다.

5. 안정만 쫓다 보면 진짜 꿈을 놓치기 쉽다.

6. 세상은 변하는데 나만 제자리에 머물 순 없다.

It's time to look at the sky

'내가 왜 그랬지?

내가 왜 그렇게 생각했지?

내가 왜 그렇게까지 화를 냈지?'

같은 내용의 버전은 각각이지만 분명한 건,

내가 그 모든 상황에서 정당했던 게 아니라

그저 '숨' 쉴 틈 없이

행동한 이유가 더 컸다는 걸 알았다.

19

그냥 쌓인 거야.
짜증이나 뭐
그런 것들이

싸움의 이유는 늘 명료해 보인다. 그러나 그 갈등의 본바닥은 전혀 단순하지 않다. 어릴 때부터 서른을 넘긴 지금까지, 여전히 툴툴거리며 사는 날 보면 그렇다. 여든이라고 뭐가 다를까.

"무슨 소리야. 네가 잘못했지. 네가 먼저 이렇게 저렇게 말했잖아!"

이 대화 하나도 셀 수 없는 깊이까지 파고들어서야 갈등의 진짜 원인을 알아낼 수 있다.

지금까지 이 지구에서 손가락 지문이 완전히 일치하는 사람은 없다고 한다. 겉모습이나 내면이 아주 많이 닮은 사람도 완전히 같을 수 없다는 걸 가르치려는 신의 배려 같다. "너희 모두는, 원래 모두 달라."라고 직접적으로 말해 주는 대신 말이다.

하지만 나는 나와 다른 생각을 하는 '네'가 싫다. 심기가 불편하고 게슴츠레 눈이 감긴다. 그렇게 생각의 다름은 하나씩 쌓이다, 때때로 분명한 이유도 없이 너와 나 사이에 상처를 주고받는, 매우 자연스러운 관계를 만든다.

말 그대로 눈에 꿀이 뚝뚝 떨어지고 있는 연인도, 너무 좋아서 이 세상 한 번 평생 같이 살아보자고 맹세한 부부도 갈등은 관계의 기본값이란 걸 곧 알게 된다.

심해 같은 깊은 사랑도 서로 다른 종자로 빚어진 태생의 한계 앞에서는, 순간적인 갈등에서 튀어나온 불쾌감을 안고 흔들리며 살 수밖에 없는 것이다.

미국의 심리학자 제임스 힐먼(James Hillman)은 『전쟁에

대한 끔찍한 사랑』에서 전쟁이란 정치와 경제적 이해관계로만 일어나는 게 아니라, 인간 내면에 가라앉은 무의식적 충동이 일으키는 충돌의 결과라고 했다. 그렇다. 표면적으로 싸움이란, 사건의 개요도 있고 원인도 있고 설명할 수 있는 기승전결이 있다. 그러나 사소하거나 거창한 우리의 모든 싸움의 진짜 속내는 조금씩 쌓여 곪은 불만의 불씨가 새어 나온 결과다.

생각해 보면 내가 겪은 모든 갈등도 하찮은 이유에서다. 피곤한 몸으로 퇴근하다 들른 편의점에 하필 내가 찾는 음료가 품절일 때, 그 언짢음을 뒤로 하고 집으로 돌아오는 길에 전화한 친구가 대뜸 "뭐해?"하고 물었을 때, 나는 짜증이 났다. "야, 이 시간에 뭐 하겠냐. 퇴근하지! 나중에 전화할게. 걸어가는 중이야." 툭, 말을 뱉고는 전화를 끊었다.

이렇게 사소하게 시작하거나 작게 쌓인 불만들은 전혀 상관도 없는 곳에서 엉뚱하게 터뜨릴 폭탄으로 슬슬 제조돼 가고 있던 것이다. 그 엉뚱하고 거대한 갈등들은 모두 분명한 이유가 있었다. 상대의 행동이 잘못됐기 때문이고 나는 잘못이 없기 때문이라고 생각했다.

　그러나 이제 나는 안다. 결국 그 갈등의 대부분은 내가 감당하지 못한 감정이 그 순간 폭발한 결과였다는 걸 말이다. 한 발 뒤로 물러나 싸움을 돌이켜 보면 대부분 '내가 기분 나빴다'는 기본적인 이유에서 시작됐다는 걸.

　'나, 지금 너 때문에 진짜 기분 나쁘거든!'을 똑똑하고 사리 분별 잘하는 단어를 들이대며 논리로 포장해서 내 감정을 보호하려 들었다. '나는 너의 그런 말, 행동 때문에 상처받았다'는 게 진짠데, 이 '상처'라는 단어가 쓰기에 미묘해서 내뱉자니 나약해 보이겠고, 우스워 보이겠기에.

　그래서 우린, 이성이라는 가면을 바짝 당겨쓰고 감정을 가려 쓰는 것이다. 나도 너도 우리 모두도.

　하지만 감정은 가릴수록 내면 깊은 곳에서 다양한 씨앗으로 단단하게 뿌리를 내린다. 그 씨앗이 좀 심하면 분노나 적대감으로 자라날 테고, 조금 덜 하면 방어적, 습관적 짜증, 예민함 정도로 자라게 되지 않을까. 그렇다면 이 싸움의 근본 뿌리를 아예 사라지게 할 방법이 없는 걸까.

나도 정확한 해답은 모른다. 다만 나는 나만의 방법 하나를 찾아 놓았다. 그 방법은 '숨'이다. 고급스러운 단어로는 '호흡'이다. 갈등이 불쑥 치밀어 오르는 순간, 그 찰나의 1초에 호흡을 초집중해 본다. 그 몇 초가 제어하지 못한 말을 막아 주고 조금 더 진짜 나와 가까운 말로 내뱉게 해 주고 있다.

때때로 힘든 시즌에 놓이거나 답답한 마음 때문에 여유를 찾고 싶을 때, 커피 한 잔의 여유를 떠올리듯 잠시 숨을 고르고 그저 숨에 집중하다 서서히 생각의 주제로 넘어간다. 그러다 보면 생각지도 못한 성찰이 일어나곤 한다.

'내가 왜 그랬지?, 내가 왜 그렇게 생각했지?, 내가 왜 그렇게까지 화를 냈지?' 같은 내용의 버전은 각각이지만 분명한 건, 내가 그 모든 상황에서 정당했던 게 아니라 그저 '숨' 쉴 틈 없이 행동한 이유가 더 컸다는 걸 알았다.

모든 질문에 해답이 곧장 있을 리 만무하나, 스스로 떠올린 질문 속에서 조금씩 성장해 가는 나를 느낄 수 있다는 건 잔잔한 기쁨이다. 중요한 건 나 스스로에게 질문을 던졌다는 것 자체다. 비슷한 상황들은 앞으로도 끝없이 일어나겠지만 조금 너그러운 시선으로 자신에게 묻게 되길 바란다.

'나는 왜 이렇게 화가 났을까. 내가 화내는 진짜 이유는 뭘까. 내가 진짜로 원하는 건 뭘까.'라고.

10초 만에 화를 다스리는 7가지 방법

1. 크게 숨을 들이마시고 천천히 내쉰다.

2. 혀를 입천장에 붙이고 3초간 가만히 있는다.

3. 손을 주먹 쥐었다가 펴면서 긴장을 풀어준다.

4. 지금 당장 해결할 수 없는 일이라면 한 발 물러선다.

5. 눈을 감고 '지나갈 감정일 뿐'이라고 되뇐다.

6. 상대를 이기려 하지 말고 이해하는 쪽으로 방향을 튼다.

7. 화를 내도 바뀌지 않는다면 그 감정을 내려놓는다.

It's time to look at the sky

아무리 길게 말해도
서로 속을 다 알 수 없으니까,
포기합시다

깊은 대화를 나누고, 긴 시간을 함께 보내도 사람은 서로에 대해 모두 알 길이 없다. '한 길 사람 속' 다 아는 게 어렵다고 우리 선조들께서 이미 명언으로도 알려주셨다. 그렇지만 그 다 알 길 없는 사람 속을 '다' 알아주기 바라는 마음으로 우리는 참 많은 이해를 서로에게 구한다. 그리고 정말 다 알아주기를 바란다.

하지만 정말 사람 마음이란, 그게 내 마음이라도 모두 이해시킬 방법도 없고 거의 다 이해한 것 같아도 진짜 그 사람 속까지 모두 이해할 수 없다. 상황과 신념과 경험과 기억과

유전자가 모두 제각각인 사람은 부모, 형제, 자식 사이라도 똑같은 사람이 지구에 단 한 명도 없으니까. 그러니 남이야 오죽할까.

'전부'를 이해할 수 없지만 그러나 적어도 '존중'할 수는 있다고 생각한다. 모든 관계는 이해와 공감을 기반으로, 존중을 더해갈 때 깊은 관계를 생성해 간다고 생각한다.

내 상황 모두 이해해 줄 사람 한 명도 없다.
나도 그 사람의 상황을 다 이해 못 한다.
그러니 "내 상황 아니면 너는(당신은) 이해 못 해!"라는 말을 이제 멈춰 보자.
누구나 이해 못 하는 게 당연한 걸 뭐 특별할 거 있다고 '당신이 뭘 알겠어. 나를 어떻게 이해하겠어.' 같은 말, 마음은 그만두자. 당연한 걸 당연하게 하는 걸 뭐라고 하지를 말자.

대신, 존중하는 마음을 바닥에 깔고 솔직하게 나를 더 열어 보이는 용기를 내 보자.

나도 결혼하기 전에는 결혼한 사람들이 하는 말을 다 이해하기 어려웠고, 아이 낳기 전에는 아이 가진 사람들의 마음을 모두 이해하기 어려웠다. 그래서 늘 듣게 되는 '너는 결혼을 안 해 봐서 몰라!'라거나 '애가 없으니, 네가 뭘 알겠니!' 같은 말을 정말 많이 들었다.

진짜 몰라서 딱히 뭐라 하기는 어려웠지만 매번 그런 식으로 무시하며 말하는 상대와는 깊게 대화할 길도 없었다. '그래, 뭔가 내가 모르는 게 있겠지. 그럼, 뭐 별수 없지.'하고 더 이상 이해하기를 포기하는 수밖에 없었던 것 같다. 하지만 이래서야 어떻게 귀한 인연을 만들어 갈 수 있겠나.

나도 지난 시간 이런 식으로 행동해 온 날이 많다. 학창 시절에 내가 쓴 시를 보고 이해 못 하겠다고 하는 친구들을 한심하게 생각하고 '말을 말자'했던 때부터 성인이 되고 어른이 돼서까지도 나도 내 말을 이해하지 못하는 상대를 만날 때면 '됐다. 당신이 뭘 알겠냐.' 속으로 그렇게 생각하는 일이 많았다.

하지만 조금씩 철이 들면서, 조금씩 더 나은 인간이 돼 가려는 노력을 해가는 과정을 지내며, 상대를 존중하는 마음을 배우게 된다. 그 존중하는 마음에서 한 발 더 다가가는 마음으로 대화를 해 나가는 중이다. 나도 다 배우려면 멀었지만.

마음의 방어 기제를 해제하는
6가지 강력한 방법

1. 내 감정을 숨기지 않고 꺼내본다.

2. 상대의 말을 끝까지 들어본다.

3. "너는 모를 거야." 대신 "이해해 줄래?"라고 묻는다.

4. 다른 의견을 틀림이 아닌 다름으로 본다.

5. 솔직한 대화로 작은 신뢰를 쌓는다.

6. 완벽한 이해를 강요하지 않고 여유를 갖는다.

It's time to look at the sky.

내 상황 모두 이해해 줄 사람

한 명도 없다.

나도 그 사람의 상황을

다 이해 못 한다.

'나를 어떻게 이해하겠어.'

같은 말, 마음은 그만두자.

당연한 걸 당연하게 하는 걸

뭐라고 하지를 말자.

It's time to look at the sky.

하늘을 봐, 바람이 불고 있어

이 세상 어디에

'인내만 잘하는 사람이 설 곳'은 없다.

인내는 나 자신을 키우고 성장시키는 데

필요한 확장 레이스에 필요한 것이지, 터무니없이

나를 공격하고 흠집 내는

사람한테 쓰는 '장기(長技)'가 아니다.

21

잘 따져보고
할지, 말지 결정하는 게
'인내'다

"잘 참았어. 참은 사람이 이긴 거야."

아니다. 나는 바보가 돼 있었다. 주먹을 들어올리긴 했지만 다시 내려놨고, 급식실 줄 어느 곳쯤으로 다시 끼어들어갔다. 별반 다를 게 없는 날에 어쩌면 신나는 재밋거리가 생길지도 모른다는 모두의 총기 어린 기대를 나는 그렇게 무참히 무너트린 것이다.

한시라도 빨리 먹으려고 줄달음질 쳐도 나는 급식 줄 선두를 차지하지 못하는 학생이었다. 이런 민감한 일에 녀석이 아무렇지 않게 내 앞에, 그것도 당당하게 새치기하다니 참을 수 없는 일이었다.

내 키는 188센티미터. 이 녀석보다 내가 크다. 겨뤄볼 만한 상황이었고 꽉 쥔 주먹은 녀석의 머리 위로 바짝 올라가 있었다.

하지만 나는 그 주먹을 뻗지 못했다. 신이 나 들뜬 수백 개의 눈은 곧장 엄청나게 실망하며 나를 떠났다. 조소와 야유를 쏟아부어 놓고.

당장이라도 다시 달려가 주먹을 날리고 싶었지만 나는 그렇게 하지 못했다. 안 한 게 아니라 못했다. 나는 적절하게 화내는 법을 몰랐고 스스로 나를 지키는 방어 기제를 사용할 줄도 몰랐다. 1분도 안 되는 시간에 '덩치만 큰 바보'로 낙인되는 순간이었다.

집으로 가면서 '잘한 거야. 잘 참은 거야.'라고 위로했다. 아니 합리화했다. 밤새 온갖 생각과 공상과 두려움으로 찌그러졌다. 학교에 가야 할 내일이 두려웠고 전교생에게 소문이 날까 봐 무서웠다.

부모님은 잘했단다. 참은 사람이 이긴 거라서 내가 이긴 거란다. 지상과 지하 100층을 오가던 나에게 전혀 위로될 수 없는 이 말만 해 놓고 더 이상 끼어들지 않으셨다. 주먹을 내려놓은 나를 비참해지도록 비웃던 친구는 온 사방에 내 얘기를 해댔고 이 일은 고3 시절, 약간의 왕따 상황에서 확실한 왕따로 접어드는 결정적 사건이 되었다.

웃기는 일이다. 말도 안 되는 얘기다. 무조건 참아서 미덕을 쌓아 올리는 시대는 원래도 그리 흔치 않았다. 부모님이 해 준 심오한 가르침의 뜻을 모르는 바 아니나, 참은 사람이 이긴 게 아니라 이긴 사람이 이긴 것이다. 참아서, 속 곪아서 큰 병 생겨도 그 병이 왜 생겼는지 아는 사람 하나도 없거니와, 그 이유를 설명하려면 밥 먹고 차 마셔가며 들어도 365일 밤낮 걸릴지 누가 알겠나.

곪아서 터져 나온 건데, 그래서 폭발한 건데, 폭발하거나 자폭하면, 미쳤다고 하거나 이상한 사람이라고 하거나, 변했다고 할 뿐이다.

이 세상 어디에도 '인내만 잘하는 사람이 설 곳'은 없다. 인내는 나 자신을 키우고 성장시키는 데 필요한 확장 레이스에 필요한 것이지, 터무니없이 나를 공격하고 흠집 내는 사람한테 쓰는 '장기(長技)'가 아니다. 공격받았을 때, 그 공격의 타당성을 잘 따져 볼 필요가 있다. 사리 분별해 대응이 필요한 상황인데도 참는 '인내'는 아직 뭘 좀 더 배워야 하는 멍청이다.

그렇게 세상에 하나뿐인 나 자신을 병들게 해 놓고 듣기 좋은 말로 '나는 인내하였노라'라고 말한들 약효가 없다.

혹시 참기만 하면서 하루를 버티고 있는 누군가가 있다면 꼭 묻고 싶은 말이 있다.

"고생한다. 고생하는 거 아는데, 지금 참고 있는 거 잘 따져 보고 하는 거 맞지?"

마음을 가볍게 하는 단순한 10가지 진리

1. 내 모든 걸 다 잘할 필요는 없어.

2. 내 감정도 중요해.

3. 지금, 이 순간에 집중하면 돼.

4. 거절해도 괜찮아.

5. 내가 바꿀 수 없는 일은 놓아주자.

6. 남의 시선보다 내 기준이 더 중요해.

7. 실패는 끝이 아니라 과정일 뿐이야.

8. 내 속도대로 가도 괜찮아.

9. 사람들은 내 생각만큼 나를 신경 쓰지 않아.

10. 행복해지기 위해 남의 허락은 필요 없어.

It's time to look at the sky

22

급할 때마다 돌아가면!
다 끝나있습니다

밤 산책을 참 좋아한다. 동네 주변을 설렁설렁 걸어 다니면서 맡는 냄새도 좋고, 봄이나 여름 초록 풀이 주는 편안함도 좋다. 운치 있는 밤이 내는 특별한 향기는 사람을 차분하게 해 주는 신경 안정제 같다. 여러 생각도 편하게 정리되고 그 자체의 여유도 소중하다.

집 근처에 도착하고 한 바퀴 더 도는 습관은 직장에 다니면서 생겼다. 아침 7시부터 저녁 7시의 바쁜 하루 끝에 붙잡고 싶은 평온함 때문이었다.

신입은 원래 그런 건지, 매일 바보 같은 실수를 했다. 나는 이리저리 일을 흘리고 다니고 촐랑대는 신입이 되고 싶지 않앉다. 묵직함을 품은 신뢰할 만한 인재가 되고 싶었다.

그 마음에 글자 하나라도 꼼꼼하게 잘 쓰려고 하면 "급한데 뭐 하고 있어?"하고 핀잔이 날아 왔다. 그래도 한편에서는 "처음이라 그래, 급할수록 돌아가는 거지."라며 괜찮다고 말하는 선배들도 있었다.

그러나 이제야 알았다. 회사에서는 진짜 급할 때가 있다는 걸. 그럴 때는 천천히 꼼꼼하게 또는 안전하게 돌아가지 않고 냅다 달려야 할 때라는 걸.

'급할수록 돌아가라'는 말의 진짜 깊은 속뜻은, 평상시에 기본기를 잘 다져둔다는 마음으로 꼼꼼히 익혀 놨다가 정말 긴급한 그 찰나의 순간, 냅다 내달리라는 의미였다. 그 순간 덤벙거린다는 건, 기본기가 튼튼하지 않다는 뜻이고 준비되지 못한 사람이란 의미이며 철저한 준비를 길러온 사람이 아니란 말과 같다는 걸 말이다.

늘 천천히 최대한 긴 거리로 걸어 들어오던 그 골목길을 그날 왜 숨이 턱까지 차오를 만큼 뛰었는지 그때 감정이 자세히 기억나지는 않는다. 어쩌면 그날 낮에 부장님한테 들은 핀잔 때문이었을지도 모르겠다. "급하다니까 지금 뭐 하고 있어!"를 세 번이나 들은 날이었으니까.

다만, 하나는 분명히 기억한다. 냅다 뛰어 집 문 앞에 섰을 때 내가 무의식적으로 도착지까지 최단 거리로 뛰어왔다는 걸. 나는 매일 집 주변 길을 돌며 속속들이 모두 잘 알고 있었다는 거다. 그저 걷던 산책길이라도 내가 원하면 언제든 최단 거리로 주파할 수 있다는 걸.

안심이 됐다. 내 두 다리와 의지로 걷는 이 길을 계속 달릴 수 있듯, 언제든 내 의지로 마칠 수도 있다는 생각이 나를 붙잡았다. 이 작은 차이가 바로 삶의 주도권이란 것이며 어떤 의미가 돼 주는지 배운 날이었다.

길에서 배운 문제 해결의 7가지 지혜

1. 사소한 경험들이 다음 길을 밝히는 단서가 된다.

2. 작은 실수를 미리 잡아 큰 위기를 막는다.

3. 원인은 침착하게 찾되, 필요할 땐 과감히 속도를 낸다.

4. 평소에 준비하면 긴급 상황에 빠르게 대응할 힘이 된다.

5. 방향이 보이면 망설이지 말고 나아간다.

6. 충실한 경험은 선택의 주도권을 준다.

7. 작은 준비가 결국엔 해결의 열쇠가 된다.

It's time to look at the sky.

'갑자기 만난 죽음에

놀라지 않을 인생을 살고 싶다'

23

갑시다! 떠납시다!
인생이 그리
길지 않다고 하니까

사람은 누구나 죽는다. 다 아는 얘기다. 그래도 80세 전후까지 수명이 평균화됐으니 다행히 그 죽음이 우리 시대에는 꽤 늦게 만나게 된 셈이다. 죽음을 이렇게 늦게 만날 수 있게 됐으니 참 다행이다.

한데 아쉽게도 나이 서른만 넘겨도 뭔가 확실히 결정 못 해서 안달을 한다. 이제 서른이나 됐는데 뭘 어떻게 하겠나, 하는 식의 말도 왕왕 듣는다. 하지만 맞닥트리게 될 운명은 아직 한참이나 더 남았다. 이 귀한 시간, 뭘 하면 좋을까?

나는 '경험'해야 한다고 믿는다. 하지 못하게 되기 전에,

해야 할 것들을 더 많이 경험하는 걸 우선시 하는 중이다. 어쩌면 양분을 쌓는 중이란 말이 더 맞는지도 모르겠다.

유튜브만 켜도 복잡한 양자역학에 관한 정보를 10분이면 가볍게 이해할 수 있는 시대가 됐다. 어떤 지식이든 원하는 방식으로 손쉽게 얻을 수 있게 됐다. 그래서 지식이 보편화 돼 가고 있다. 하지만 경험은 다르다.

인생은 즐기는 사람이 이긴다. 즐기는 것에 '경험'은 비교 불가 섹터다. 어쩌면 이 말이 생계에 하루하루 매달려 사는 누군가에게 사치처럼 들릴까 봐 걱정이 된다. 하지만 내가 나누려는 것은 그 바쁘고 힘든 하루 속에서도 휴일이 있고 잠시의 짬을 낼 때도 있다는 거다. 누워서 쉬어도 아까울 시간일 수 있지만 그 시간에 내가 하고 싶은 뭐든, 어디든 허락 되는 만큼 직접 보거나 가보는 경험은 가치를 매길 수 없을 것 같다.

긴 것 같은 80년 평균 수명도 지나고 보면 한순간 바람처럼 느껴진다고 그 나이 든 어른들이 하나 같이 말씀하시는 건 진짜로 믿어야 하지 않을까.

그렇다면 정말 짧은 인생을 즐겨야 할 것 같다. 사업도 즐기는 사람 못 이긴다고 하는데 그 말도 믿을 만하지 않나.

어쩌면 육체적 늙음보다 정신적 늙음에 너무 일찍 다가서 버리는 건 아닌지 걱정이다. 하고 싶은 거 포기하면서 사는 건 아닌지 말이다. 포기를 너무 자주 하고 포기를 너무 당연하게 여기면 포기하고 있는 줄도 모르고 살게 된다.

정말 가보고 싶었던 뉴욕.

그래서 나는, 꼭 가보고 싶던 메트로폴리탄 미술관에서 한스 홀바인의 「죽음의 춤」 작품 앞에서 '갑자기 만난 죽음에 놀라지 않을 인생을 살고 싶다'는 각오로 한참을 서 있었다.

인생을 더 깊게 경험하는 8가지 방법

1. 하고 싶은 일의 목록을 지금 적어 본다.

2. 작은 것부터 당장 실행에 옮긴다.

3. 익숙한 루틴을 깨고 새로운 도전을 시도한다.

4. 경험을 기록하며 나만의 이야기를 만든다.

5. 완벽하지 않아도 일단 시작해 본다.

6. 타인의 시선보다 내 마음에 집중한다.

7. 실패해도 그 속에서 배움을 찾는다.

8. 자신에게 정직하고 진실되게 살아간다.

It's time to look at the sky

24

모두 쓰기에도
부족한 것들

한때, 사랑에도 총량의 법칙이 존재한다고 믿었다. 내가 가진 걸 모두 주고 나면 더 줄 게 없어지고 그렇게 사랑도 끝나버리게 된다고 생각했다. 그래서 사랑과 애정을 충분히 주기보다 매번 아끼고 아껴서 줬다. 그런 나에게 상대는 답답해하고 아쉬워했지만 나는 '오늘 많이 아꼈다'는 미련한 생각을 하며 만족해했다. 사랑이 영원한 게 아닌 걸 모르고.

당장 내일이라도 헤어질 수 있고 뜻밖의 사고로 영영 이별할 수도 있는 걸 몰랐다. 나는 내가 가진 사랑을 수십 년에 걸쳐 소분하고 잘게 나눠 쌀 몇 톨만큼씩 나눠줬다. 좋은 건 나중을 위해 아껴둬야 하는 건 줄 알았다. 바보처럼.

어릴 적에 너무 아껴 두다 녹아 버린 초콜릿을 기억하지 못한 나는, 그저 바보였다.

나중은 언제일지 모른다. 좋은 걸 아껴두면 더 좋게 잘 쓰일지, 곰팡이가 펴 버리게 될지 모를 일이다. 아껴둔다고 모두 좋은 게 아니었다. 그 좋은 것이 더 이상 쓸모없어지거나 그걸 누릴 여유나 시간이 없어질 수도 있는 거였다.

내일 행복하기 위해서 오늘의 행복을 희생하는 게 일부 맞는 말이나 모두 맞는 말이 될 수 없는 것도 이제는 안다. 오늘 행복해지려고 오늘의 행복만 추구하면 불안정한 미래에 살게 된다는 것도 안다.

그러나 지나친 절제와 미루기는 오히려 현재와 미래 사이의 불균형일 뿐이다. 지금 누릴 수 있는 행복이면 적당히 누리는 요령을 챙기고 살았으면 좋겠다. 누구는 '그 좋은 거 지금 다 써버리면 나중에 어떡하냐'고 따지겠지만 미래만을 위해 지금을 모두 다 버리면 미래가 와도 행복이 낯설어서 잘 쓰지 못할 거 같다.

좋은 거 누리는 게 뭐 그리 대단하겠나. 와인 한 병 아껴뒀다가 날씨 화창한 어느 날 친구들과 나눠 마시는 것, 튼튼하고 멋스러운 노트 한 권 사놨다가 어느 날부터 들고 나가 쓰기 시작하는 일 아닐까.

뭐든 오늘을 느끼는 기쁨, 나에게 주는 작은 보상이면 되는 것 같다.

지금, 이 순간 내 삶을
풍요롭게 해주는 행복의 기술 7가지

1. 오늘 느낄 수 있는 기쁨을 미루지 않는다.

2. 소중한 것을 아끼기보다 나누며 즐긴다.

3. 미래를 계획하되 현재를 희생하지 않는다.

4. 작은 행복을 기록하고 되새긴다.

5. 좋은 것을 사용할 용기를 낸다.

6. 사랑과 애정을 쌓아두지 않고 표현한다.

7. 지금, 이 순간의 가치를 잊지 않는다.

It's time to look at the sky.

'다만, 웃으며 떠났던 것처럼

미소를 띠며 돌아와

마침내 평온했으면 좋겠다.'

따로 또 같이

매 순간 떠나는 사람이 생기고 새로 만나는 사람이 생긴다. 아마도 인생은 계속 이렇게 사람과 사람 사이에 흐르는 강줄기일 것 같다.

많은 사람과 인연을 맺고 지내도 힘들지 않은 사람이 있고 몇몇 사람과 깊게 지내는 게 편한 사람이 있다. 내 경우는 후자다.

나는 동시에 여럿과 관계 맺게 되면 머리가 아프고 복잡하다. 새로운 관계가 생기면 집중하느라 이전의 관계는 조금 느슨하게 놓아두게 된다.

사회생활에서는 특히 더 그렇다. 이리저리 앞으로 나아가면서 만나게 되는 새로운 인연과 이전에 없던 비전을 따르다 보면 관계를 놓아야 할 때가 생긴다. 자연스럽게 멀어지는 경우와 결이 조금은 다른 것은 내가 정리를 해야 한다는 점이다. 그럴 때면 속이 쓰라리고 아프고 살점이 떨어져 나가는 것 같은 고통을 느낀다.

고민을 털어놓으면 대다수는 '다 같이 살려다 다 같이 죽는 거'라고 조언한다. 보내주는 것도 서로에게 좋은 일이라고 다독인다. 맞는 말이다. 함께 간다고 계속 좋다는 보장도 없고 어딘가로 가서 잘된다는 보장은 더욱 없는 거니까.

그래도 누군가가 불필요한 존재가 되는 순간이 나는 아팠다. 누군가의 인생을 내가 어떻게 책임질 수 있을까. 나도 내 앞가림이 한참 남은 사람일 뿐인데.

그저 나는 아직 누군가를 떠나보내기 두려운 사람인가 보다. 하지만 오는 인연이 있으면 가는 인연이 있다. 그건 평생 벌어질 일이다. 사회생활에서라면 더더욱 그렇다. 사업을 하는 중이거나 그 이상이라도 마찬가지다.

그러면서도 나를 잘 알고 이해하는 사람과 함께 걷는 길은 힘이 세다. 맹목적으로 맹신만 하지 않으면 분명히 큰 힘이 돼 주는 인연들이다. 그러니 해야 할 일은 해야 한다. 그래야 함께 갈 수 있다. 놓을 인연을 놓을 줄 아는 힘이 필요한 때다.

'다만, 웃으며 떠났던 것처럼 미소를 띠며 돌아와 마침내 평온했으면 좋겠다.'
내가 정말 너무나 좋아하는 이영도 소설가의 『드래곤 라자』에 나오는 이 대사처럼, 거의 흠모한 문장이라 여러 사람들에게 써 보냈던 이 말처럼, 꼭 그랬으면 좋겠다.

지금 헤어지는 우리가 언젠가 다시 돌아와 미소를 띠는 사이가 됐으면 좋겠다.

관계를 지키며 성장하는 7가지 방법

1. 소중한 인연을 떠나보낼 때 미소를 잃지 않는다.

2. 떠남과 남음의 균형을 고민하며 선택한다.

3. 집단의 목표와 개인의 가치를 모두 존중한다.

4. 냉정함과 따뜻함을 함께 갖추려 노력한다.

5. 동료와의 신뢰를 최우선으로 지킨다.

6. 독립적인 사고로 더 나은 길을 모색한다.

7. 변화에 유연하게 적응하며 성장의 기회를 찾는다.

It's time to look at the sky

26

'실수'는 꼭 들어 있는
'기본값'인가 봐요

머릿속이 복잡한 날이었다.

이런 날이면 머리를 가득 메운 생각들이 마음을 참 복잡하게 만든다. 이리저리 끌려다니다 보면 생각의 첫 시작점을 놓치는 일도 일쑤다. 어지간하게 경험하다 보니 요령이 생겼다.

그럴 때는 전혀 다른 일을 하는 것이다.

머리에 가득 찬 문제를 풀겠다고 집요하게 굴수록 생각은 근본도 없이 엉뚱한 방향으로 흘러가 버리곤 했다. 내 실수가 확실한 일들, 고의가 아니지만 사과해야 할 어떤 일이 생겼을 때 그 혼란은 더 심했다.

여지없이 '못난 나' 때문에 자괴감이 들어찼다. 앞으로 해야 할 행동을 찾은 것보다, '어쩜 이리도 못나고 부족함이 많은 나'인가를 더 많이 느껴야 해서 힘들었다.

4년 전, 그날도 그랬다. 내 속에 가득 차 버린 온갖 감정 속에 머물다, 아무 잘못 없는 누군가에게 이 '못남'을 쏟아 낼까 봐 두려웠다. 핸드폰을 끄고 무작정 영화관으로 갔다. 사람이든, 상황에서든, 모두에게서 스스로 고립되고 싶었다. 헐크로 변하기 전에 나를 진정시켜야 한다는 본능적인 처방이었다.

4년에 한 번 열리는 월드컵 중에서도 한국 경기만 챙겨보던 나였다. 잘생긴 브레드 피트가 벤치에 앉아 있는 포스터도 그렇고 평소 아무 관심 없던 스포츠 분야 영화였지만 표를 끊고 상영관으로 들어갔다. 그 순간만큼은 굉장히 절박했다. 그렇게라도 나와 전혀 상관없는, 어떤 세상으로 떠나버리고 싶었다.

영화를 다 보고 나오면서 기억나는 건, 내 안에 어떤 두껍고 분명한 기둥 하나가 세워진 것 같았다는 사실이다.

'내 방식을 굳이 남에게 설명하려고 들 것 없어.'

그래 맞다. 나에게는 내 방식, 나만의 방식이 있는 거였다.

메이저리그 만년 최하위 팀 단장 빌리 빈의 실화라는 「머니볼」은 기존의 모든 방식에서 벗어나 고집스럽게 자기 신념을 따라 팀을 개편해 나가는 과정을 그린 영화다. 끝내 빛을 발휘했으니, 영화로 나올 법한 스토리다.

어떤 반대에도 자기 선택을 굽히지 않는 주인공.

하나의 선택과 그것을 불완전하게 만드는 나머지 모든 요소를 제거해 나가는 그 철옹성 같은 결단의 힘은 어디서 나왔을까.

날아오는 공이 제일 무섭다는 말도 안 되는 '말'을 하는, 사실상 은퇴를 고민하던 선수를 1루수로 기용하고 다른 선수를 모두 정리해서라도 다른 대안은 없도록 해버린 단장.

그 아집과 자신감으로 뭉친, 확신으로 가득 찬 오만의 힘이 내게 주는 영감은 정말 대단했다.

영화의 클라이맥스라고 할 수 있는, 은퇴 직전의 선수가 홈런을 날리는 장면보다 영화가 내게 던진 화두가 온통 나를 뒤덮고 있었다.

나는 나를 참 잘 몰랐다.

그동안 나에 관해 너무 많은 오해를 해왔다.

나는 늘 최고의 선택을 해왔다고 믿었다. 그리고 그 선택들이 지금 여기, 내 자리로 나를 데려다줬다고 생각했다. 그러나 이제 조금 알 것 같다. 모든 순간 내가 해온 결정들이 모두 옳거나 최선만이 아니었다는 사실을.

선택하고 결정을 내린 그 순간이 최고였을 뿐, 몇 달, 아니 단 며칠만 지나도 언제든 실수가 될 수 있는 선택들이었단 사실을 말이다.

그저 나는 오늘, 지금껏 해 왔던 것처럼 결정의 갈림길에 서 있을 뿐이다. 그리고 아직 최고의 선택을 해야 한다는 강박관념으로 나를 몰아세우고 있을 수도 있다.

바르고, 옳고, 꼭 맞는 최고의 선택이란 없다. 지금 그렇다 해도 시간이 지나 최고의 선택으로 남는 것도 아니다. 완전히 반대가 돼 버리고 마는 결정은 또 얼마나 많은가.

실수는 기본값이다. 인생에 있어서 짝꿍이다.

앞으로도 나는 실수하고 또 실수할 것이다. 다만, 실수를 대하는 방법을 배운 적 없어서 힘든 것뿐이다. 실수가 두렵고, 실수하고 나면 후회되고 부끄러워서 오랫동안 기억에 남는 것뿐이다.

곱씹을수록 우울하고 자괴감 넘치는 일을 끝없이 반복하면서 몰아세우고 나를 비방할 건지, 아니면 실수는 인생의 기본값으로 받아들일 건지 생각을 좀 해 볼 필요가 있다. 완성돼 가는 내 삶에 꼭 필요한 에피소드를 민낯으로 받아들일 건지, 선택이 좀 필요한 것뿐이다.

그럴 수도 있지.

처음이니까 잘 모를 수도 있지.

내가 맞는 줄 알았는데, 틀릴 수도 있지.

중요한 건 그래서 어떻게 하느냐지.

난! 그래도, 해결할 수 있지.

이제야, 나와 우리에게 들려주고 싶은 말이다.

자책하는 마음을 치유하는 7가지 문장

1. 내가 부족한 게 아니라 과정 중에 있을 뿐이야.

2. 실수는 나를 더 나은 사람으로 만들어줄 경험이야.

3. 모든 걸 완벽하게 해낼 필요는 없어.

4. 그때의 나는 최선을 다했고, 그것으로 충분해.

5. 나 자신을 용서할 수 있어야 앞으로 나아갈 수 있어.

6. 잘못한 것보다 배운 것에 집중하면 더 성장할 수 있어.

7. 나는 나를 비난하는 사람이 아니라 응원하는 사람이 될 거야.

It's time to look at the sky

사랑하면,

내 진심을 알아주면,

어지간하면 해결될 것 같지만

그게 간단치가 않은 것 같다.

내가 이해하고 싶은 대로,

이해하고 싶은 방향으로 이해하고 있을 때

사랑의 마음은 종이짝처럼

얇아지고 만다.

사랑하지 않기
때문에

보통 짝사랑을 많이 한 남자, 많이 차인 남자가 공통으로 분노하는 영화가 있다. 바로 「500일의 썸머」다.

여자는 자기 하고 싶은 대로 뭐든 다 하고 남자는 모두 이해하다, 결국 연애도 싫다던 여자가 결혼까지 하고 나타난 영화. 썸머 같은 못된 여자들이 문제라고 욕하며 봤다.

20대 초반, 이 영화를 친구와 함께 봤는데 친구도 나도 분노를 금치 못했다.

"맞아. 그 못된 썸머가 나오는 영화 얘기로군."이라고 맞장구를 치면 당신도 아마……

나는 이제 결혼했다. 꽤 괜찮은 결론이다. 해서 '나 이제 결혼해서 잘 살거든?'이란 우월감으로 10년 만에 「500일의 썸머」를 다시 보기로 했다. '추억 팔이나 해 볼까'하는 마음으로.

아무튼 그 시절 너무 예뻤고 너무 나빴던 썸머를 다시 보고 싶었다.

"어느 날 아침에 깨닫게 됐어. 너와 있을 때 이해하지 못했던 걸."

아차차……. 입이 다물어지지 않았다.

10년 사이에 변한 내가 실감 났다. 예전에는 그저 나쁜 썸머만 보이더니 다시 본 영화에서는 바보 같은 톰만 보였다.

톰은 이해할 수 없는 행동을 하는 썸머에게 온통 자신을 맞추고 썸머가 자기를 사랑하게 하려고만 애썼다. '언젠가 그녀도 결국 내 진심을 알아줄 거야. 그래서 사랑할 수밖에 없게 될 거야.'와 같은 마음으로 말이다.

톰은 처음부터 시종일관 "너랑은 친구로 지내고 싶다."라는 썸머의 마음을 바꾸고 없애야 할 마음으로만 봤다. 아무리 노력하고 맞추고 별짓 다 해도 자기 뜻대로 되지 않으니, 더 이상 참지 못하고 나중에는 썸머를 탓하고 원망하고 미워했다. 그녀가 얼마나 나쁜지 말하면서 자신은 미치도록 최선을 다했다고 말이다.

이제 좀 알겠다.

이해할 수 없는 것들을 이해하려고 애쓴 톰에게 썸머와의 사랑이란, 처음부터 가질 수 없었던 걸 말이다. 아무리 최선을 다했어도 맞추려고 애쓴 것은 그녀의 마음을 돌리고 자신을 사랑하게 만들기 위한 욕심, 그 이상이 될 수 없다는 것을 말이다. 썸머를 위한 게 아니라 자신이 보고 이해하고 싶은 방식대로만 이해했다는 것을 말이다.

사랑하면 모두 비슷하다. 사랑하니까 내가 이해할 수 없어도 이해하려고 노력하는 게 당연하다. 여기서 다른 건 딱 하나같다.

'상대를 잡기 위해서 억지로 참는 것인가, 아닌가? 내 사람으로 만들기 위해서 이해할 수 없는 것을 억지로 이해하려고 하는 중인가, 아닌가?'다.

이건 결과가 다르다. 시작도 다르다.

다만 한동안의 감정의 뒤엉킴이라는 과정만 있다.

사랑하면, 내 진심을 알아주면, 어지간하면 해결될 것 같지만 그게 간단치가 않은 것 같다. 내 방식의 '진심'이라면 얘기가 다르다. 내가 이해하고 싶은 대로, 이해하고 싶은 방향으로 이해하고 있을 때 사랑의 마음은 종이짝처럼 얇아지고 만다.

사랑을 제대로 배우고 싶은 사람을 위한 10가지 진실

1. 상대를 이해하려 하기 전에 나 자신을 먼저 이해한다.

2. 사랑은 노력으로 되는 게 아니라, 방향이 맞아야 한다.

3. 억지로 이해하려 하지 말고, 있는 그대로 받아들인다.

4. 사랑이 나를 지치게 만든다면, 방식을 점검해야 한다.

5. 진심은 중요하지만, 반드시 통하는 것은 아니다.

6. 나를 희생하는 것이 사랑이라고 착각하지 않는다.

7. 상대를 바꾸려 하는 순간, 사랑은 멀어진다.

8. 서로의 경계를 존중하는 것이 건강한 관계를 만든다.

9. 내 감정과 상대의 감정을 분리해서 바라본다.

10. 끝난 사랑을 미화하거나 원망하지 않고 배움을 얻는다.

It's time to look at the sky.

28

기다리는 것과
멈춤의 차이

한여름 땡볕 아래서 친구가 말했다.

"이럴 땐 그냥 가만히 있어야 더 시원해."

'무슨 소리! 가만히 있다고 더위가 사라지나? 부채질 한 번, 얼음물 하나 사다 마시는 게 더 빨리 시원해지는 방법이지, 가만히 있으면 어떻게 시원해지나!'

나는 속으로 비웃었다.

사실 이 '가만히 좀 있어'는 내가 사는 동안 가장 많이 들은 말 중에 하나다. 친구들이나 가족, 직장에서도 이 말을 정말 많이 듣긴 했다. 아마도 속도를 좀 줄이고 차분하게 실수 없이 다음 일을 하란 의미였을 수도 있다. 아니면 내 불안한 마음을 읽어서 돕고자 위로 차원에서 한 말일지도 모른다.

하지만 나는 그 말을 들으면 이상하게 더 초조해졌다. 빠르게 돌아가는 세상에서 나만 뒤처지게 하는, 전혀 도움 되지 않는 말로 여겨질 때가 많았다. 가만히 있으면 어떤 흐름에서 밀려나게 될 것만 같았다. 머물러 있으라는 말인지, 그냥 중단하고 가만있으라는 의미인지도 헷갈릴 때가 많았다.

물론 내가 허둥대다 실패한 일이 적었던 건 아니다. 잠시만 참았으면, 한 발 멈춰 지켜봤더라면 더 좋았을 일들이 산더미이긴 하다. 성급하게 굴다가 실수한 일 투성이었다.

하지만 여전히 가만히 있는 건 좀처럼 쉽지 않다. 뭔가 하지 않고 가만히 있다고 머릿속까지 가만히 있는 것도 아니고 괜한 불안감만 더 생기곤 했다.

어떤 문제들은 가만히 버틴다고 저절로 풀리지 않았다. 가만히 있다 보니 상황이 더 답답해져 가는 꼴을 본 적도 많다. 때문에 이분화해서 바라보는 방법을 좀 터득해 나가고 있는 것 같다.

'가만히 있기'와 '기다림'으로 나눠서 생각해 보기로 한 것이다. 기다림은 빵 반죽이 발효되기를 기다리는 것 같이 조금 더 나아지는 과정의 시간이다. 반면 가만히 있는 건 모든 걸 놓고 흘러가게 두는 것이다. 내가 할 수 있는 일이 없고, 다만 정지하는 게 가장 좋은 최선인 상태를 '가만히 있는' 거라고 정의했다는 뜻이다.

두 단어는 비슷한 듯 하지만 오묘하게 차이가 있다. 하나는 천천히 다음 스텝을 준비하는 시간이고 다른 하나는 행동과 생각 자체를 중단하는 거다. 준비된 사람에게 기회가 온다는 말이 모두 맞는 것 같지도 않지만, 준비 없이 되는 일은 아예 없으니 무시할 수도 없는 말이다.

사업을 하다 보면 빨리 달려 나가고 싶어도 나 혼자 내달릴 수 없을 때가 많다. 여럿이, 모든 조건이 찰 때까지 기다려야 할 때가 많다. 그런 시간에 '가만히 있기'보다 '기다림'으로 돌려 생각하기 시작하면서 마음이 좀 편해졌다.

그 시간에 작은 습관 하나라도 다듬으며 스스로를 정돈하는 시간으로 이해해 놓고 나니 기회가 오도록 문을 조금씩 더 열고 있다는 생각이 들었다. 그래서 기다림을 그냥 흘려보내는 시간으로 생각하지 않게 됐다.

결국 나이가 들고 익어가고 성숙해 가는 과정에서 기다릴 줄도 알고, 그 기다리는 시간을 잘 쓰는 방법까지 알아가는 균형미가 참 중요해지는 것 같다. 더운 날 부채질 한 번 하는 작은 행동이 더위를 조금 식혀줄 수 있듯.

완벽한 정답이야 어디 있겠느냐만은 멈춤과 기다림 그 중간 어디쯤에 한쪽 다리 힘을 더 줘야 할지 잘 알아차리는 지혜를 길러야 하겠다. 자기만의 리듬을 찾는 것만큼 중요한 게 없는 거 같다.

나만의 인생 리듬을 찾는 7가지 지혜

1. 남의 속도와 비교하지 않는다.

2. 멈춘 순간에도 내 안을 들여다본다.

3. 작은 습관으로 흐름을 만든다.

4. 기다림 속에서 나를 다듬는다.

5. 불안해 하는 대신 호흡을 가다듬는다.

6. 내게 맞는 타이밍을 믿는다.

7. 한 걸음씩 나아가는 나를 응원한다.

It's time to look at the sky.

옛날 추억을 곱씹기보다

곱던 추억까지 뭉그러진 느낌이었다

내가 너무 변한 걸까?

친구들 말처럼 내가 너무 변해서

추억까지 별것 아닌 것처럼

느끼는 사람이 돼 버린 걸까?

29

동창회에
가기 싫어졌습니다

　나고 자란 옛날 동네에 가는 건, 추억이 깃든 길을 걷는 일로 곧잘 묘사된다. 개인적으로 그렇게 말하는 사람도 많고 영화나 드라마에서도 비슷하게 표현된다. 하지만 나는 내가 살았던 옛날 그 동네에 가지 않는다.

　특별히 나쁜 기억이 있거나 어려서 고생한 일이 있어서가 아니라 그곳에 남아 있는 사람들, 정확히 말하면 그 시절 친구들이 불편해서 가지 않게 됐다.

　모처럼 동창회 참석 차, 어릴 적 자란 동네에 갔다. 10년이 지났는데 우리 동네는 크게 변하지 않은 느낌이었다. 변하지 않았다기보다 내가 기억하는 거리와 몇 개 점포가 그대로 남아 있어서 그렇게 느꼈을지도 모르겠다.

무엇보다 변하지 않은 건 친구들이었다. 한 동네에 여전히 살고 있는 친구가 꽤 여럿 있었다. 누구는 그 동네에 가게를 차렸고, 누구는 소일거리를 하며 지냈고, 누구는 동창과 결혼해서 살고 있었다.

술집에 모여 앉은 우리는 어릴 적 그대로인 것 같았다. 덩치만 커 버린 어른이 된 것 같았다.

어릴 적 그대로 서로를 놀려대고 놀리며 그게 재밌다고 깔깔거리며 웃었지만, 어쩐지 나는 그 환경과 상황과 대화들이 영 내키지 않았다. 술집에 들어가서 술을 시켜 먹어도 아무도 뭐라 하지 않을, 나이만 든 것 같은 느낌이랄까.

하지만 동네에 오래 산 친구들은 그 상황이 익숙한 듯 아무렇지 않아 보였다. 오히려 친구들은 나를 보고 많이 변했다며 놀려댔다.

"야! 너 왜 이렇게 변했냐? 사람이 이렇게 변하면 죽어."

애써 대충 웃었지만, 속으로 한마디 하고 싶었다.

'왜 너희들은 이렇게 하나도 안 변한 거니? 긴 시간 동안 너희는 왜 그대로 머물고 여기 이렇게들 모여 지내는 거니?' 하고 쓴소리로 대응하고 싶었다.

그 뒤로 그 동네에 가지 않았다. 그날 그곳에서 나는 꽤 답답함을 느꼈고 옛날 추억을 곱씹기보다 곱던 추억까지 뭉그러진 느낌이었다. 내가 너무 변한 걸까? 친구들 말처럼 내가 너무 변해서 추억까지 별것 아닌 것처럼 느끼는 사람이 돼버린 걸까?

나는 다시 일상에 복귀했다. 그리고 나와 함께 있는 지금의 사람들 틈에서 맑은 공기를 느꼈다. 내가 변했고 그래서 뭔가 잘못된 건 확실히 아니라는 게 증명된 셈이다.

사람이 너무 변하면 죽는다고? 글쎄.

사람이 너무 변하지 않으면 기억한 추억도 별것 아니게 되는 거 같은데!

과거와 단절하고 나를 지키는 7가지 방법

1. 변하지 않는 환경을 억지로 붙잡지 않는다.

2. 나만의 속도로 성장하는 걸 두려워하지 않는다.

3. 정체된 관계에 미련을 두지 않는다.

4. 추억을 곱씹기보다 새 경험을 쌓는다.

5. 나와 맞지 않는 공간을 떠날 용기를 낸다.

6. 변화를 거부하는 사람과 거리를 둔다.

7. 내 변화가 삶을 살리는 힘임을 믿는다.

It's time to look at the sky.

30

아샷추가
무슨 뜻인 줄
아시는 분?

"얘들아 뭐 마실래?"

"아샷츄요."

"저두요, 아샷츄."

10대 아이들을 대상으로 어쩌다 하는 강연은 늘 설렌다. 동시에 두려움도 느낀다. 그때만큼 내가 나이 든 걸 알게 되는 순간이 또 없다. 내가 나이를 많이 먹은 건 아니지만 10대의 아이들에게 나는 그저 '아저씨'다.

아이들과 거리감도 좁힐 겸, 마실 거리를 사주고 싶었다.

여기저기서 '아샷츄'를 사달란다.

'요즘 애들, 무슨 커피를 이렇게 독하게 마시는 거야.'

이런 생각이 들었지만 일단 주문했다. 지금 생각하면 웃기고 어설프고 창피한 순간이다.

'아샷츄.'

듣도 보도 못한 단어다. 대충 우리 식으로 짐작하면 '아메리카노에 샷 추가'다. 당연히.

배달돼 온 음료를 받아 든 아이들은 하나 같이 "세상에!"라고 말하며 황당함과 실망의 눈빛을 쏟아 냈다.

아샷추는 아이스티에 샷 추가였다. 그냥 물어볼걸, 넘겨짚은 내 잘못이다. 때때로 그날의 '아샷추' 사건을 말하면 사람들은 배를 잡고 웃는다.

아이들과의 수업은 새로운 경험과 두려움의 연속이다. 더 철저하게 준비하고 노력하지 않으면 어지간해서는 공감대를 맞추기 어렵다. 요즘 아이들이 즐겨 보는 콘텐츠를 보고 댓글로 달린 글을 읽으며 생각을 엿볼 수 있어서 그나마 다행이다. 그렇다고 해도 순간 방심하면 '아차차!'를 외칠 일이 생긴다.

어느 땐가 수업 주제가 깊이 흐를 때쯤 나는 '소녀시대'를 떠올리며 말을 이어갔다. 아이들도 신나서 맞장구치며 이야기를 한참 나눴는데, 알고 보니 아이들이 생각한 대상은 '뉴진스'였다. 아이들과 나는 서로 다른 그룹을 두고 동상이몽 이야기를 나눈 거였다.

그래서 이렇게 아이들과 스펙터클한 강연을 마치고 나면 한편으로 불안한 마음이 올라온다. 가장 핫하게 세상을 잘 이해하고 변화를 읽어 내고 있다는 자부심에 문득 두려움이 생기는 거다. 아이들이 하는 말을 모두 이해할 수 없고 정서와 이슈 전체를 다 파악하지 못할 때, 마치 내가 이 세상에서 멀어지고 있는 게 아닐까 하는 두려움 때문이다.

주변 사람들은 이런 생각을 하는 나에게 당연한 마음이라며 대수롭지 않은 거라고들 말한다.

자기들은 정해진 업무를 하거나 그 안에서 성과를 내는

직장인이면서, 끊임없이 변화하는 세상에 대응해 나갈 방법을 알려줘야 하는 내 직업을 이해 못 하는 그다지 쓸모없는 위로다.

전혀 '대수롭지 않은 게 아니다.' 내가 대수롭지 않게 여기기 시작하면, 대수롭지 않을 수없이 많은 대수롭지 않은 게 생기고, 나도 대수롭지 않은 사람이 되는 생활을 하는 것이다.

나는 중간 어디쯤 서 있는 중이다. 두려움을 느끼지만 모르거나 뒤처진 것 같은 모든 걸 찾아내 알아내려는 행동은 하지 않는다. 그래도 다시 아이들 틈으로 비집고 들어가고 있다. 실수는 연속이다. 아이들 눈에는 내가 어리숙하다. 그래도 다행이다. 이제 '아샷추'는 주문 가능하니까.

나이가 들어도 마인드가 젊은 사람들의 10가지 특징

1. 새로운 경험을 두려워하지 않는다.

2. 최신 트렌드에 열려 있고 배움을 멈추지 않는다.

3. 실수해도 금방 웃어넘긴다.

4. 다른 세대와도 스스럼없이 소통한다.

5. 유행보다 자기만의 스타일을 중요하게 생각한다.

6. 몸을 적극적으로 움직이며 건강을 관리한다.

7. 작은 일에도 호기심을 가지고 질문한다.

8. 변화를 자연스럽게 받아들이고 적응한다.

9. 돈보다 시간과 경험의 가치를 더 중요하게 여긴다.

10. 나이는 숫자일 뿐이라는 마인드로 삶을 즐긴다.

It's time to look at the sky

It's time to look at the sky.

하늘을 봐, 바람이 불고 있어

무라카미도 하는 걸
내가 뭐라고

"나는 달려가면서 그저 달리려 하고 있을 뿐이다.

나는 원칙적으로 공백 속을 달리고 있다.

거꾸로 말해 공백을 획득하기 위해 달리고 있다고 말하는

것이 맞을지도 모른다."

무라카미 하루키의 말이다. 하루키의 달리기 사랑은 유명
하다. 매일 10km를 달리는데, 이렇게 달리기가 만들어 준
체력이 오랜 글쓰기의 밑바탕이라고 했다.

언젠가 지인 한 명도 나에게 요즘은 달리기가 유행이라는
말을 한 적이 있다. 당시에는 운동의 한 종류로 말하는 걸로
착각했지만, 그가 말한 것은 '러닝' 즉, 뛰는 것 자체가 유행

하고 있다는 말이었다.

　그로부터 한참 지나서 하루키가 말한 달리기의 의미, 지인이 말한 그 '달리기'의 진정한 의미를 나도 알게 되었다. 많은 강연, 글쓰기와 여러 사람을 만나며 속에서부터 에너지는 소리 없이 빠르게 소진되고 있었다. 그런 내 안의 지침을 느끼면서도 어떻게, 무엇으로 채워야 할지 알 수 없었다. 한편으로 번아웃이 오면 어쩌나 하는 불안을 느낄 때쯤, 운명처럼 무라카미 하루키의 소설 『달리기를 말할 때 내가 하고 싶은 이야기』를 읽게 된 것이다.

　하루키는 책에서 달리기의 깊은 효능까지 여러 사람에게 전하려는 듯 보였다. 체력을 높여주는 달리기는 몸뿐 아니라 정신에까지 강한 힘을 갖게 한다고 말이다. 달릴 때 조각으로 흩어져 있던 생각이 서로 연결돼 하나의 덩어리가 되고, 필요 없이 뇌 속 어딘가에 박혀있던 쓸모없는 생각들은 자연스레 비워진다고 했다. 힘이 남아 있어도 오버페이스를 경계하며 인내심을 기를 수 있었고 그렇게 남긴 힘은 내일 또다시 달릴 수 있는 밑천이 돼 줬다고 말했다.

이렇게 달리기로부터 얻은 원천의 보이지 않는 힘의 원리를 글쓰기에도 똑같이 적용한 하루키는 꾸준히 쓰는 것, 오버페이스하지 않는 것, 내일을 위해 인내하는 것을 자기 삶의 원칙으로 의지하며 건재한 모습을 글로써 모두에게 증명하고 있다.

세계가 아는 하루키라는 작가도 이렇게 기본적인 자신의 룰을 만들고 지키며 글을 쓰는데 하물며 내가 무슨 '용빼는 재주가 있다'고 정신에만 유지하며 모든 게 다 잘될 거라고 하고 있는지 의문이 들었다. 병든 정신은 몸을 실제로 망가트리고, 그렇게 망가진 몸은 다시 정신을 해치는 걸 너무나 잘 알면서 말이다.

하루키의 책, 지인과의 대화, 내가 처한 피로감이 한데 어우러져 한순간 나에게 달리기라는 명약이 전달된 느낌이다. 그렇다. 정신과 체력은 유기적으로 연결돼 있다. 정신력만으로 뭔가를 해내려는 지혜롭지 못한 선택은 그만큼 육체를 돌

보지 않겠다는 말과 같다. 어느 쪽이든 제대로, 지속적으로, 원하는 순간까지 작동될 리 없다. 뭐든 스스로를 아프게 할 것이다.

급히 해낼 프로젝트가 있을 때마다 체력은 내 발목을 잡았다. 그럴 때면 정신력으로 대부분 그 부족함을 채워버리곤 했다. 카페인 음료든 각성 음료든 뭐든 몸에 집어넣으며 마치 강한 정신력을 무장한 것처럼 마냥 버텨냈다. 때로는 그렇게 애써 일을 끝냈을 때 성취감보다 무기력함을 느꼈다. 이런 순간들이 쌓이면서 사람들이 말하는 '번아웃'의 의미를 조금은 알게 된 듯하다.

내가 하루키처럼, 또 근래 많은 사람처럼 체력을 예전부터 갖춰왔다면 어땠을까? 아마 많은 것들을 더 나은 방향으로, 더 깊은 영감으로 해낼 수 있었을 것이다.

이제야 왜 많은 사람이 달리기를 하는지 알 거 같다. 하루하루 살아내면서 자신의 꿈과 목표, 때로는 그저 매일의 하루를 평범하게 지속하기 위해서 그들은 달리고 있다. 이제 내가 아는 달리기는, '달리기' 그 자체의 단어 이상의 의미가 되었다. 걷거나 뛰는 시간을 틈틈이 찾아 밖으로 나갔을 때의 그 느낌. 세상은 삶을 느낄 수 있는 다양한 냄새가 있다.

체력에 대한 사람들의 7가지 오해

1. 체력은 젊을 때 중요하다.

− 체력은 나이 들수록 더욱 중요한 생존 자원이다.

2. 운동은 시간이 많아야 할 수 있다.

− 하루 10분만 투자해도 체력은 충분히 달라진다.

3. 체력이 좋아지면 무조건 살이 빠진다.

− 체력과 체중 감량은 별개이며, 체력은 건강을 위한

기본 조건이다.

4. 정신력이 강하면 체력이 부족해도 괜찮다

– 정신력만으로 버티다 보면 결국 어느 순간 체력과

정신력 모두 무너진다.

5. 일을 열심히 하면 체력은 자연스럽게 유지된다.

– 업무 스트레스와 과로는 체력을 갉아먹는 주범이다.

6. 피곤하면 쉬어야 한다.

– 적절한 운동은 피로를 해소하고 체력을 회복시킨다.

7. 체력 관리는 당장 효과가 없다.

– 체력은 한순간에 만들어지지 않지만, 일정 기간을

넘어서는 순간 인생이 달라진다.

It's time to look at the sky

No day But today

"오늘만 한 내일은 없어."

오늘은 우리 인생의 가장 젊은 날이며,

결코 다시 오지 않는 유일한 하루야.

어쩌면 내일은 이 땅에 내가

서 있지 않게 될 수도 있잖아.

32

No day But today-
오늘 진짜 좋다!

80년대 후반과 90년대 초, 뉴욕의 가난한 젊은이들의 모습을 담은 「RENT」는 멋진 뮤지컬이다. 힘든 삶 속에서도 오늘을 잘 살아가라는 희망을 그린 내용이다.

"No day But today (오늘만 한 내일은 없어)."

이 주옥같은 대사가 처음에는 그저 가난한 젊은 예술가들의 한탄인 줄 알았다. 가난하지만 젊고, 예술에 취해 있는 그들이 '그럼에도 멋진 우리'를 자위하는 거라고 생각했다. 하지만 작품의 중반부를 넘어가면서 이 대사가 사랑과 죽음이 교차하고 절망 속에서도 희망을 놓지 않는 인생 전체를 위한 메시지였다는 사실에 깊이 매료됐고 숙연해 졌다.

'오늘은 우리 인생의 가장 젊은 날이며, 결코 다시 오지 않는 유일한 하루야. 어쩌면 내일은 이 땅에 내가 서 있지 않게 될 수도 있잖아. 그러니 멋진 오늘을 즐겨야 해. 최선을 다해서 살아. 멋진 오늘을.'

「RENT」가 관객에게 주는 메시지다.

깊은 여운을 느끼며 집으로 돌아오는 길에 친구 한 명이 떠올랐다. 내 앞에서 "내일은 내일의 해가 뜰 거야."라고 말했던 친구다.

그 친구에게 내가 해 준 말은, "정신 차려, 내일 해 안 떠. 내일이 더 나아지기를 바라면서 아무것도 하지 않는 네가 문제니까."였다.

너무 심하게 말했나. 지금은 그 친구와 만나지 않는 사이가 됐다. 매번 부모님 모실 작은 아파트라도 마련해야 한다면서 정작 코인에 매달려 사는 그 친구에게 굳이 태양까지 필요할 거 같지 않았다. 내 앞에서 코인 얘기를 더 이상 꺼내지 않던 그 친구는 나와 인연을 다했다.

흠모하던 사람에게 고백을 받고 하늘을 둥실 날 것 같던 날도, 할머니의 부고 소식을 들은 날도 어제보다 못 한 날이 된다. 내일 제출하려고 쓰던 작품이 들어 있는 노트북을 잃어버리고는 부랴부랴 PC방에서 쓴 글이 신춘문예에 당선됐다는 소식은 최악의 날을 최고의 날로 바꿔 놓는다. 이렇게 내일이란 뭔가가 보장된 날이 아니다.

보장된 내일이 없다는 사실을 받아들이고 나니 하루가 정말 소중해졌다. 오늘의 밤하늘이 소중하고, 곁을 지나는 사람도, 공기도 바람도, 이제 만나지 않는 코인 좋아하는 그 친구를 기억하는 하루도 모두 소중하다.

다만 차트의 붉은 색 숫자가 더 이상 꿈같은 '내일의 태양'이 아니라, 지금 여기 이 순간에서 처음 꾼 꿈들로 '내일의 태양을 기대하고 있는' 사람이 돼 있기를 기도해 본다.

나를 매일 10배 더 행복하게 해주는 7가지 말

1. 오늘도 충분히 잘하고 있어.

2. 남과 비교하지 않고 나만의 길을 간다.

3. 작은 것에도 감사하면 행복이 커진다.

4. 실수해도 괜찮아 배우는 중이니까.

5. 내 감정도 소중하니까 존중해줄 거야.

6. 완벽하지 않아도 나다운 게 가장 멋져.

7. 내일의 나는 오늘보다 더 성장할 거야.

It's time to look at the sky

33

'나는 나를 믿는다' + Who?

늦은 나이에 갑자기 대학원에 들어간 친구를 만났다. 친구지만 대견했다. 그러나 직장과 학교를 오가며 그 외 모든 시간을 논문에 쏟아 넣는 몸부림이 안타까웠다.

카페에서 만난 친구는 한편에 책을 잔뜩 쌓아둔 채, 책 한 권 달랑 들고 간 나와 간간이 수다를 떨었다.

"아냐, 난 할 수 있어. 날 믿어야 해."

내가 말을 건 것도 아닌데 친구는 중간중간 중얼거렸다. 정신 나간 사람 같아서 웃으며 말했다.

"내일 회사에서 짬짬이 교열 더 보고 점심시간에 오타 체크하면 6시 마감까지 제출할 수 있지 않을까?"

'대학원에 친한 사람이 없나?'하는 생각도 들었다. 형식을 지켜야 하는 논문이지만 이렇게 촉박한데, 앞에 있는 나한테라도 도와달라고 해도 될 일이다. 하지만 친구는 혼자서 모든 걸 다 해낼 생각만 하고 있었다. 내심 의아했고 서운했다. 친구는 다음날 부랴부랴 제출했지만, 회사에서 '짬'이 그리 많이 나지 않아서 교열을 보다 내용 검토를 모두 하지 못했다고 했다.

여러 생각이 들었다. 우리는 어쩌면 모두가 '할 수 있다. 해내야만 한다. 꼭 그래야 한다.'라는 마법 같은 말에 너무 현혹된 건 아닌가 하는 생각이 들었다.

여기에 빠진 단어는 '나 혼자'다. 어느 순간부터 '나 자신을 믿으면 된다'라는 말을 단단히 붙들고 사는 게 더 잘 해내고 있는 거라는 착각에 빠진 건 아닐까?

문제가 커 보일 때 '내가 정말 이걸 넘을 수 있을까?'라는 생각이 들면 순간 위축되는 압박감을 느꼈다. 그럴 때 감사하게도 "그럼! 할 수 있고말고, 네가 할 수 있다고 믿으면 되는 거지."라고 말해주는 주변 사람들이 많았다. 나를 잘 아는 누군가가 해 줄 때도 있고 나를 잘 모르거나 잠시 스치는 인연인 사람도 내게 같은 말을 곧잘 했다.

삐딱하게 굴려는 건 아니지만 나를 얼마나 안다고 응원하는 건지 모르겠다. 아니면 상대를 파이팅하게 해주는 좋은 사람이 되고 싶어서 그러는 건가 싶다. 효과가 없다는 게 아니라 남발하는 이 추임새가 힘이 될 때도 있지만 나에게 크게 와 닿지 않는 메아리가 되는 '그래! 너는 할 수 있어. 네가 믿으면 돼!'일 때도 많으니까.

믿는다는 거, 다 된다는 거, 할 수 있다는 자신감이란 건 목적이 분명할 때나 효과적이다. 내가 믿는 게 정확하게 뭔지도 모르면서 매번 입버릇처럼, 아니면 효과음처럼 '그래! 나는 반드시 될 것이다!'를 주문 외듯 외운다고 진짜 되는 게 아니지 않나.

마법처럼 멋진 이 말을 진짜 쓰려면 이 일을 통해 무엇을 이룰 것인지가 먼저 확실해야 할 것 같다. 해결해야 할 과제를 만날 때마다 '그래 나는 할 수 있어'는 좀 그만하고, 더 깊은 바닥 밑에 내가 진짜 이뤄내려는 무엇이 그토록 간절한가를 똑바로 잘 알고서야 이 말을 자주 쓰면 좋을 것 같다.

파이팅 넘치는 응원 없이도 스스로 걷는 힘이 나올 수 있게 말이다.

물론 스스로를 의심하란 뜻은 아니다. 그저 조금 비꼬아 생각해 본 것뿐이다. 응원하거나 받을 때 왜 꼭 그 주체가 '나 혼자'여야 하는가 말이다. 나 자신을 믿으면서 나를 도와줄 수 있는 사람이 꼭 있다는 것 또한 믿어보자는 거다. 나 스스로에 관한 믿음이 진짜 너무 커서 이 큰 산을 넘을 수 있고, 넘기만 하면 모든 게 해결된다고 믿겠지만 해낼 수 있다는 응원 좀 서로 줄이고 혼자 주문 외우기도 좀 줄였으면 좋겠다.

산 하나 넘으면 또 다음 산이 나온다. 지금 넘은 산이 제일 힘든 줄 알았는데 넘고 보니 다음 산은 더 가관이다. 어쩌면 인생이 평생 이런 걸지도 모른다. 그러니까 나를 믿으면서,

나를 도울 사람이 있다고 믿고 함께 가야겠다.

아무도 나한테 손 내밀어 주지 않는다면 누군가 비집고 들어올 틈부터 만들고 '나는 할 수 있어!'의 방어 기제 좀 낮춰보고 다시 얘기하자.

인생의 진짜 문제를 해결하는
명품 인생 조언 9가지

1. 남을 바꾸려 하지 말고, 내가 변하는 데 집중하라.

2. 감정적으로 반응하지 말고, 원하는 결과에 집중하라.

3. 완벽해지려 하지 말고, 꾸준히 나아가는 것을 목표로 삼아라.

4. 중요한 결정을 내릴 때, 감정이 아니라 원칙을 따르라.

5. 나를 존중하지 않는 사람에게 에너지를 낭비하지 마라.

6. 삶의 우선순위를 정하고, 불필요한 것들은 과감히 버려라.

7. 불만을 말하기 전에, 해결책을 먼저 고민하라.

8. 남과 비교하는 대신, 어제의 나보다 나아지는 것에 집중하라.

9. 후회할 선택을 줄이려면, 늘 장기적인 관점에서 생각하라.

It's time to look at the sky

그래서 깨달았다.

모든 일에 보이지 않는

어떤 이유를 붙이려는 습관이

얼마나 사람을 더 힘들게 하는지 말이다.

어려움은 이유를 따지지 않고

불쑥불쑥 아무 때나 찾아오는데

나는 매번 이유를 찾고 있으니

공평하지 않았다.

이유 없이
지속되는 것들

사는 게 뜻대로 되지 않고, 기대하는 게 기대대로 되지 않을 때 서로 위로 차 건네는 말이 있다. '해 뜨기 전이 가장 어둡다, 인생은 새옹지마, 끝날 때까지 끝난 게 아니다, 길고 짧은 건 대봐야 한다.' 등이다.

맞는 말이다. 한데 힘들 때 이런 말이 그렇게 막 크게 위로가 되냐! 그건 또 아니다.

시장 골목 떡볶이집에서 폴폴 풍기는 달콤하고 매콤한 냄새를 맡고서도 사 먹지 못하고 힐끗 쳐다만 보던 나 자신에게 '지금 가난한 건 다 뜻이 있어서야. 나중에 대박 잘 됐을 때 기억 거리 만들어 놓는 걸 거야.'하고 최면을 건다고 그렇게 잘 걸어지지도 않았다.

도대체 무슨 이유가 그렇게 대단하게 있어서 '나는 매번 이 모양 이 꼴일까?'만 생각나지, 다른 건 생각나지 않았다. 떡볶이 앞에서는 더욱더!

돈이 없어서 친구와 해 둔 약속을 차일피일 미루고 딱 맞춰 둔 지출 범위에서 갑자기 돈이 필요하게 될 만한 상황이 생길까 봐 전전긍긍했다. 한데 이런 상황에서 '다 잘 되려고 그러는 거야'가 무슨 위로가 되겠나!

돈이 없을 때, 다른 모든 위로는 그저 씁쓸한 해석에 불과했다. 왜 나는 이렇게 돈이 없을까? 왜 나만 매번 이러고 살아야 하나, 마음 한구석이 무겁게 짓눌렸다. 그 안에서 좋은 이유를 찾으려고 할 때마다 고통스럽게 또 다른 짐을 지는 느낌이 들었다.

그래서 깨달았다. 모든 일에 보이지 않는 어떤 이유를 붙이려는 습관이 얼마나 사람을 더 힘들게 하는지 말이다. 어려움은 이유를 따지지 않고 불쑥불쑥 아무 때나 찾아오는데 나는 매번 이유를 찾고 있으니 공평하지 않았다. 또 그 문제들은 갈 때도 말없이 그냥 사라질 때도 많으니, 따져보면 오고 가고 다 제 맘대로였다.

내가 노력하지 않아서 이런 일이 생긴 걸까? 아니면 세상이 유독 나한테만 불공평한 걸까? 답은 모르겠고 마음은 점점 지쳤다.

해서 노하우가 하나 생겼다. 이제 무슨 문제가 생기면 그 이유를 굳이 찾으려 애쓰기보다 그저 시간이 흐르게 둬보자는 깡이 생겼다.
'일주일만 버텨보자.'
이렇게 스스로에게 다짐하고 이유나 의미를 만들어 붙이지 않았다. 뒤늦게 생각해 보니 어떤 고통은 아무 이유가 없다는 걸 알았다. 이걸 깨닫고 나서 마음이 정말 가벼워졌다.

돈이 있으나 없으나, 문제에 이유를 붙이나 붙이지 않으나, 삶은 흐른다. 결국 의미를 억지로 찾지 않아도 된다는 게 내 노하우이자 결론이 되었다. 어쩌면 그저 흐르는 대로 맡기고 갈 때 가능성의 기회가 더 많이 열릴지도 모른다.

세상은 아무 이유를 붙이지 않고도 잘 돌아간다. 이유를 붙이지 않아도 하루는 시작되고 마무리된다. 우리도 가볍게 가자! 그렇게 가볍게 갔으면 좋겠다. 나도 당신도.

삶의 무게를 덜어내는 7가지 방법

1. 모든 일에 이유를 붙이려 애쓰지 않는다.

2. 지나간 고민을 억지로 해석하지 않는다.

3. 지금 할 수 있는 작은 행동에 집중한다.

4. 하루를 버티는 자신을 인정해 준다.

5. 주변의 풍경을 가만히 바라본다.

6. 완벽한 답을 찾으려 애쓰지 않는다.

7. 이유 없이 괜찮아질 시간을 믿는다.

It's time to look at the sky.

35

상처는 꺼내 놓으면
색이 옅어져 갑니다

사람은 모두 상처받으며 사는 존재 같다. 상처투성이라는
사실조차 깨닫지 못한 채 또다시 상처받을 세상으로 들어가
지낸다.

약 2년 전, 우연히 만난 50대 여성분이 차분하고 덤덤한
목소리로 "더 이상 살고 싶지 않아요."라고 말했을 때 나는
적잖이 놀랐다. 눈물 한 방울 흘리지 않고 목소리의 떨림도
없이 차분하게 죽고 싶다고 했기 때문이다.

자녀 문제, 경제적 어려움, 건강 악화 등 누구라도 견디기
힘든 상황의 이야기를 하나씩 나열하는 그분의 말 속에서,
깊은 고통 속에 얼마나 오래 머물고 있었는지 그대로 느껴졌

다. 상처가 너무 오래돼 마음속에 이미 굳어져 버려서 일상의 일부가 돼 버린 것 같았다.

부모님 장례식에서 만난 친구도 그랬다. "와 줘서 고맙다."라고 말하며 눈물이 고여 있었지만, 반가운 기색도 함께 섞여 나를 맞았다. 슬픔을 바위처럼 억누르며 드러내지 않으려는 표정과, 눈물이 가득 고인 눈은 상반돼 보였다. 내색하지 않는 그 슬픔은 소리 내 우는 것과 다름없는 커다란 고통과 다르지 않았다.

그랬다. 세상에서 가장 큰 슬픔은 그 슬픔을 드러내지 않고 품는 것 같다. 그 여성분도, 친구도 우리 모두가 그렇다. 하지만 상처는 고스란히 그 안에 살아 있다. 기어이 비집고 눌러앉아 뿌리를 내리고 자란다. 좁고 얇지만 깊고 강렬하게.

덤덤한 목소리로 온갖 고통을 이야기했듯, 무표정한 얼굴로 눈물을 흘렸듯, 우리는 모두 상처를 덮는 데 익숙하다.

글을 쓰는 건 이런 상처에 즉효약이 아니다. 치료제도 아니다. 하지만 글은 덮어 놨던 나만의 상처들과 마주하게 한다. 오래 덮어둔 고통을 바라보게 하고 천천히 밖으로 꺼내 놓도록 돕는다. 따뜻한 손으로 꽁꽁 언 얼굴을 감싸 온기를 더하듯, 글은 모난 상처를 조금씩 녹여 옅게 해준다. 그렇게 조금 나아진 가벼운 가슴으로 세상 속에서 살아갈 힘이 돼준다.

누군가 볼 수 있는 글을 쓸 수도 있고 분신 같은 나만의 글쓰기를 할 수도 있다. 다만 감정을 꺼내 놓을 수 있는 용기가 필요하다. 그 작은 용기 한 줌으로 상처를 꺼내는 글쓰기의 과정에서 상처는 조금씩 단단함을 부순다.

사랑한다는 말을 들을 때도 좋지만, 나를 사랑하는 마음으로 품고 받게 되는 배려에 때론 더없는 사랑을 느낀다. 글로든, 말로든 상처를 꺼내 놓는 그 순간부터 아픔은 조금씩 색이 바랜다.

심리학자가 말하는
인생의 상처를 다루는 7가지 방법

1. 하루를 마무리하며 조용히 앉아 그날의 감정을

한 문장으로 정리한다.

2. 상처가 떠오를 때 억지로 밀어내지 말고,

잠시 눈 감고 느껴본다.

3. 노트에 아픈 기억을 적고 내가 그때 왜 그랬는지 써본다.

4. 가까운 친구나 가족에게 "이런 일이 있었어."라고

가볍게 말한다.

5. 스스로에게 "괜찮아, 그럴 수 있어."라고 말하며 위로한다.

6. 상처를 글로 풀어낸 뒤 나를 다독이며 작은 보상을 준다.

7. 고통이 덜해질 때까지 매일 조금씩 기록하는 습관을 만든다.

It's time to look at the sky.

이제는 행복한 경험을 늘리고 싶다. 결과를 보기 전까지는 행복과 불행을 구분하는 게 어렵지만 애써 지난 경험이 토대가 돼 주기 바라는 마음이다. 그 힘든 시간을 경험한 세포들이 불행이 될 상황에서 즉각 나서주기를 바라면서.

정말이지,
'불행한 경험을
굳이 경험할 필요 없다'

나이와 관계없이 이용당하는 일이야 얼마든 있을 수 있지만 그중에서도 특히 20대는 취약하다. 내 형편과 다른 사람들이 길거리에 넘쳐 보이고 맛집을 찾아다니며 좋은 곳으로 놀러 다니는 사람이 천지인 것처럼 보인다. 아무렇지 않게 돈을 쓰는 사람들을 보면 하루빨리 잘 되고 싶은 생각밖에 들지 않는다.

'빨리빨리 부자 되기'는 뇌에 깊고 세게 각인된 나머지 '부자 되게 해 주겠다'라는 세 치 혀의 놀음에 꼬드김 당하기 아주 쉽다.

'키워주겠다'라는 둥, '성공할 수 있게 해주겠다'라는 둥 감언이설에 그 젊고 아까운 몇 년을, 모든 걸 다 바칠 듯 일한 경험이 나도 있다.

이렇게 접근해 오는 대부분의 사람들은 고급 음식과 술을 사주면서 환상의 미래를 꿈꾸게 한다.

하지만 나이 들어 알게 된 건, 그들도 고급 식당에는 아주 가끔 갔을 거란 사실이다.

그런 환경에서 나눈 말이 그대로 이뤄진 적은 단 한 번도 없었다. 매번 이뤄지기를 바라는 간절함으로 갈팡질팡하다 아무것도 손에 쥐지 못한 채 그만둬야 했을 뿐.

그렇게 힘들게 일해도 주머니에는 늘 5천 원밖에 없었다. 미치도록 커피가 마시고 싶어서 밥과 커피를 놓고 갈등한 날도 있었다. 정말 허무하고 힘든 지난날의 기억이다.

가끔 이런 경험을 말하거나 대화할 때면 '참 좋은 경험했다'라고 다들 공감한다. 정말 그렇다. 나는 절대 그런 사람이 되지 말아야겠다고 다짐하게 되기 때문이다. 다시는 똑같은 상황에서 이용당하지 않게 된 게 좋다. 가끔 비싼 식당에 나를 데려가는 낯선 사람을 경계하는 부작용은 남았지만.

만약 그때 그 식당에서 밥을 먹지 않았다면 어땠을까? 그 사람이 제안한 일을 하지 않았더라면. 그냥 평범하게 알바하고 꼬깃꼬깃 모은 돈으로 여행도 갔으면 얼마나 좋았을까?

비싼 식당이 아니어도 친구들과 천 원짜리 김밥에 크고 넓적한 돈가스, 아이스크림을 먹으며 수다 떠는 추억을 쌓았더라면 그 몇 년이 얼마나 좋았을까?

불행한 과거는 현재의 나를 성장시킨 원동력이다. 하지만 굳이 불행한 경험이 있어야 내가 성장하는 건 또 아니지 않나! 다른 어떤 경험이든 성장의 동력이 된다면 세월 깎아 먹고, 시간과 열정을 갉아먹는 '사기'에 가까운 시간을 낭비할 필요는 없다.

정말이지 '불행한 경험을, 굳이 경험할 필요 없다.'

이제는 행복한 경험을 늘리고 싶다. 결과를 보기 전까지는 행복과 불행을 구분하는 게 어렵지만 애써 지난 경험이 토대가 돼 주기 바라는 마음이다. 그 힘든 시간을 경험한 세포들이 불행이 될 상황에서 즉각 나서주기를 바라면서.

살면서 굳이 할 필요 없는 10가지 인생 경험

1. 남들이 하니까 따라 하는 억지스러운 경험

2. 과시하려고 돈 쓰고 후회하는 소비

3. 남의 시선을 의식하며 고생하는 여행

4. 필요 이상으로 참다가 터지는 희생

5. 내 한계를 넘어서까지 억지로 버티는 인간관계

6. 남에게 인정받으려고 하는 무리한 도전

7. 스트레스만 남는 불필요한 논쟁

8. 미래 걱정만 하다가 현재를 망치는 고민

9. 눈치 보느라 거절 못 하고 떠안는 불편한 일들

10. 이미 끝난 일을 후회하며 괴로워하는 시간

It's time to look at the sky

37

어떻게 매일
시를 읽어 줬을까?

"너희 중에 누구든 1년 동안 등교하는 모든 날에 나한테 와서 시 한 편씩 낭독하면 원하는 무엇이든 들어줄 거야."

나이가 꽤 들어서 할아버지 같았던 고등학교 2학년 국어 선생님이 첫 수업 때 한 말이다.

정말 뭐든 다 들어주겠다는 말인지 모든 아이가 확인하고 또 확인하고 재차 묻기를 반복했다.

그날 이후 쉬는 시간이면 할아버지 국어 선생님 교무실 책상 앞은 늘 북적였다. 나도 그 북적거림 한편에 내 차례를 기다리며 시집 하나를 들고 서 있었다.

"나는 1억 달라고 할 거야."

"나는 집 사달라고 해야지."

"나는 아이돌하고 사귀게 해 달라고 할 건데."

뭐든 다 들어준다는데 스케일이 작을 필요가 없었다. 저마다 엄청난 '해 달라고 할 무엇'을 챙기고 시를 읽으려 줄 서서 다녔다. 선생님을 크게 골탕 먹일 수 있는 재밌는 무기 하나가 생긴 것처럼 우리 각자는 신났다.

한 달이 채 지나기 전에 교무실은 언제 그랬냐는 듯 한산해졌다. 아무도 그 약속을 기억하지 못하는 것 같았고, 선생님도 우리에게 다시 그 사실을 일깨우지 않았다. 여름이 왔고 방학을 했다. 개학 후 보충수업 차 학교에 간 나는 잠시 교무실로 갔다.

그때 여학생 한 명이 선생님 앞에서 시를 낭독하며 서 있는 걸 봤다. 여학생은 시를 다 읽고는 아무렇지 않은 듯 인사를 하고 교무실을 나갔다.

오 마이 갓. 그때 알았다. 아직도 시를 낭독하러 다니는 학생이 있다는걸. 그리고 전교생 중에 유일한 한 명이란 것도.

그해 겨울, 나는 시집을 들고 교무실에 들어가는 그 여학생을 다시 봤다. 정말 어떻게 매일 시를 읽을 수 있는 건지, 어안이 벙벙할 정도로 놀랐다. 선생님은 또 매일 들어줬다는 거 아닌가! 두 사람 모두 그렇게 대단할 수 있는 건가 싶었다.

여학생의 소원은 도대체 무엇이었을까? 궁금해 미칠 것 같았지만 알 길은 없었다. 할아버지 선생님과 친한 것도 그 여학생과도 가까운 사이도 아니어서.

다만, 고3이 됐을 때 그 친구가 서울대학교에 합격했다는 소식을 들었다. 선생님의 큰 그림이었을까? 꾸준하게 해내는 힘을 가르치려고 그랬나? 그래서 선생님 덕분에 서울대 합격이란 기적이 이뤄진 걸까?

그래. 결심만으로 이룰 수 있는 일은 없다. 실천하는 힘이 받쳐줘야 뭐든 이뤄지는 법이지.

아쉽게도 나 역시 결심하고 실행 못 한 일이 많다. 몇 가지나 되나 세다 그만뒀다. 적당해야 계속 생각해 볼 텐데 어지간히 많아서 포기다. 몇 살, 어디서부터 포기한 걸 세야 하나 기준부터 정해야 해서 말이다.

매일 꾸준히 하는 게 힘든 사람들을 위한
7가지 인생 조언

1. 목표를 작게 쪼개고 하루 5분만 해본다.

2. 완벽하지 않아도 계속하는 게 더 중요하다.

3. 하기 싫은 날엔 최소한의 행동만이라도 한다.

4. 시작 전에 '왜 해야 하는지' 스스로에게 묻는다.

5. 기록을 남기면 작은 성취가 동기가 된다.

6. 환경을 바꾸면 꾸준함이 더 쉬워진다.

7. 포기해도 괜찮다. 다시 시작하는 법을 배운다.

It's time to look at the sky

모든 감정은 정상이다.
이상한 감정도

38

『햄릿』을 읽었다. 실제로.

전공자가 아니고서야 실제 희곡을 읽는 사람은 흔치 않다. 그런데도 읽었다. 이 어려운 책을 잘 읽었는지 모르겠지만 이 책을 읽고 뽐내는 사람을 몇몇 만나고 나니 꼴사납고 뱔 꼴려서 나도 이 악물고 '읽어 놓기로' 결심하고 읽었다.

이 어렵고, 절대로 다 읽지 못할 것 같은 책에 정말 유명한 대사가 있다.

"To be or not to be, that is the question(죽느냐 사느냐 그것이 문제로다)."

아버지의 부고를 듣고 햄릿이 자신의 고향으로 돌아오는 데 걸린 시간은 3개월 남짓이다(이건 내가 이전에 어떤 논문에서 알게 된 사실인데 아무리 찾아도 찾을 수 없어서 못내 아쉽다).

3개월에 걸쳐 돌아온 고향에는 새로운 왕이 즉위해 있었다. 왕의 아내는 자신의 어머니. 삼촌은 이미 왕이 돼 있었다. 아버지의 장례를 보지도 못하고, 아버지의 죽음을 애도할 기회도 얻기 전에 모든 게 변해버린 이 낯선 상황을 받아들여야 했던 햄릿. 이 비참한 고통을 비틀듯 짜낸 대사가 바로 이 말이다.

내가 처음 접했던 햄릿은 이해하기 어려웠다. 하지만 이 작품을 이해하게 된 어느 때부터 세상의 많은 것들이 이해되기 시작했다. 상실감이란 게 정말 어떤 느낌과 감정에 녹아들었다는 건지, 우울감이란 게 어떤 건지, 누군가를 잃는 것, 놓친 것, 돌이킬 수 없다는 게 어떤 심정이며 상태일지 사람을 이해하게 됐다고 해야 할까.

어쩌면 내가 이해하지 못한 수많은 내 행동 속에도 햄릿과 닮았던 어느 일부분이 녹아있지 않았을까.

누구나 감당할 수 없는 슬픔에 맞닥뜨리는 순간이 있다. 가까운 사람의 죽음, 또는 곧 죽게 된다는 시한부 선고, 무게를 가늠할 수 없는 연인과의 이별, 대안이 없는 해고 통보, 그보다 가볍지만 중요한 어떤 순간들.

이런 순간들이 몰고 오는 상처는 깊고 강하다. 그렇게 생긴 아픔은 당연히 자연스러운 상태다.

그걸 모두 이해하고 알지만 어른이 되면, 슬픔은 모두에게 보이면 안 되는 것처럼 취급하기 시작하는 게 슬프다.

감정을 지금보다 훨씬, 그냥 좀 자연스럽게 놔두는 법을 배우고 가르치고 이해하고 터득했으면 좋겠다.

상처는 참아서 잊히는 게 아니다.

잘 참아내면 어디론가 증발해 없어지는 것도 아니다.

상처가 되는 상황은 이미 그 자체로 아프다.

감정을 억누르고 참으면 안 되는 7가지 이유

1. 쌓인 감정은 언젠가 더 크게 폭발한다.

2. 스트레스가 몸에 쌓여 건강을 해친다.

3. 상대는 내가 괜찮다고 착각할 수 있다.

4. 내 감정을 이해하지 못하면 관계도 멀어진다.

5. 참는 것이 습관이 되면 나 자신을 잃어간다.

6. 부정적인 감정도 표현해야 해소된다.

7. 감정을 인정해야 비로소 진짜 해결할 수 있다.

It's time to look at the sky

It's not your fault

"그건 네 잘못이 아니야."

39

어른인 척
그만두기

"It's not your fault (그건 네 잘못이 아니야)."

영화 「굿 윌 헌팅」을 세계적인 영화로 만든 대사다. 지금
까지 고통받아 온 유년 시절과 그 과정의 시간이 주인공 윌
개인이 만든 잘못이 아니라는 명장면이다.

"네, 알아요."

가볍게 대답하고 넘기려는 윌을 붙잡고 교수를 연기한 로
빈 윌리엄스는 끝끝내 그가 내면에 이 말을 완전히 수용할 때
까지 반복한다. 눈을 마주친 채 둘 사이의 거리를 좁혀가며.

이 과정을 통해 한 인간이 새로운 삶을 향해 나아간다. 그 속에 들끓던 자괴감과 분노가 사라진 것이다.

나는 이 영화를 보지 않은 사람에게 '행운아'라고 말해 준다. 이 주옥같은 영화를 볼 기회를 얻었으니까. 다만, '그건 네 잘못이 아니야'라는 이 멋진 대사가 진짜 '내 탓'을 해야 할 때도 '남 탓'을 하는 데 사용되는 것이 씁쓸할 뿐이다.

영화의 초입 부분에서 두 사람이 처음 만났을 때, 아내를 일찍 잃은 숀(로빈 윌리엄스)을 향해 윌이 건방을 떨며 그의 속내를 다 아는 듯 멋대로 지껄이는 장면이 나온다. 그때 숀도 윌처럼 조절되지 못한 분노가 터져 나온다. 이 지점에서 아마도 숀은 깊은 내면에서 윌과 다르지 않은 그 어떤 '동질감'을 느낀 게 아닐까.

방황하고 흔들리던 20대의 어느 날 봤던 이 영화는 오래 각인돼 내게 남았다. 이제 30대 중반을 넘기고 있는 지금, 이 영화는 20대에 보지 못한 더 많은 깊이와 사색을 갖게 한다. 어쩌면 지금 내게도 너무 필요한 게 그 '동질감'이기 때문일까?

"네 나이 때는 다 그래."

"그때는 모두 그래."

"무슨 뜻인지 알겠는데 그건⋯⋯."

얼핏 들으면 이해하는 말 같아도 이런 말에서 진한 '동질감'은 느껴지지 않는다. 오히려 지금 겪은 그 일이, 그 상황들은 '별것 아니야'라고 치부되는 느낌일 뿐이다. 나이 많다고 더 어린 사람이 겪는 모든 상황을 어떻게 다 안다는 건지.

나이가 성숙함을 보장하는 게 아니다. 초연하게 대응하면 어른이고 힘들어하면 아직 어린 게 아니다. '그런 척'을 잘 해내는 것도 어른의 특징이 아니다.

나이 들면서 혹여 나보다 어린 누군가에게 '그거 별것 아냐. 그냥 네 나이 때는 다 그래'라고 말할까 봐 조심하게 된다. 어른이나 어린 사람이나 그저 진한 '동질감'이 필요하다는 걸 기억하면서.

당신이 진짜 성숙하다는 11가지 증거

1. 남의 평가보다 내 가치를 더 중요하게 여긴다.

2. 감정을 조절하고 즉흥적으로 반응하지 않는다.

3. 실수를 인정하고 책임질 줄 안다.

4. 불필요한 논쟁에서 물러날 줄 안다.

5. 남의 성공을 질투하지 않고 응원한다.

6. 거절할 줄 알고, 거절당해도 개의치 않는다.

7. 완벽함보다 성장하는 과정에 집중한다.

8. 감정에 휩쓸리지 않고 이성적으로 판단한다.

9. 타인의 단점을 받아들이고 있는 그대로 존중한다.

10. 나를 위해 쓴 돈과 시간에 죄책감을 느끼지 않는다.

11. 행복을 남이 아닌 내 기준에서 찾는다.

It's time to look at the sky.

40

가볍게, 나답게, 편안하게
찾아 나서는
하루하루

나는 편한 차림이 좋다. 다행히 멋 낼 정도의 돈을 벌고 있어서 멋을 좀 부려도 부담되는 건 아니지만 '나' 다운 건 역시 익숙하고 편하다.

주변에서 가끔 "명품 가방이라도 하나 들고 다녀야 하지 않겠어?"라고 말한다. 내가 꾸미지 않는 게 문제가 되나? 아니면 으레 이전보다 형편이 좀 나아졌거나 일이 잘 풀리면 그 증명으로 명품을 둘러줘야 하는 건지 헷갈린다.

강연이 많이 늘어서 종종 스타트업을 준비하는 또래나 어린 청년들을 자주 만난다. 비현실적인 아이디어처럼 느끼는 것도 있지만 톡톡 튀는 발상을 가진 경우도 많다. 자기 아이디어를 구체화하는 과정에서 나를 찾아온 것도 감사하고 이런 노력이 낯설지 않아서 반갑다. 그래서 진심 가득한 마음으로 듣는다. 그러면 응원하는 마음이 절로 든다. 내가 아는 한도에서 뭐든 조언을 더 해주고 싶어진다.

아이디어 차원의 여러 이야기를 나누다 대뜸 "명함을 팠는데 하나 드릴게요."라고 하는 경우도 깨나 있다. 자기계발책의 영향으로 자기 확신을 다지는 차원에서 명함을 먼저 만든 것이다.

그런데도 나는 왠지 명함부터 만들고 불쑥 내미는 그 상황들이 달갑지가 않다. 자기 PR이 중요한 시대라서 그럴 테지만 이제 막 아이디어를 내서 가능한 사업인지 정보를 찾는 단계의 이야기 중에 명함은 못내 아쉽다.

'사업이란 상상을 현실로 펼쳐 내놓는 것' 그리고 '현실화해 가동되는 것'이란 말이다. 그러니 그저 종이에 불과한 명함을 먼저 만들고 이것저것 과장된 것을 적어 넣는 것보다는, 진짜 자신에게 더 신경을 쓰고 있는지를 강조하고 싶은 것이다.

'허세를 부리지 않는 태도'가 겸손 아닌가? 당당하게 말하면 겸손하지 않은 게 아니다. 과하게 행동하고 있지 않은지 나를 잘 점검하고 내 가치를 있는 그대로 드러내는 것, 이것이 진짜 중요한 '나'를 알리는 균형감이고 진짜 겸손 아닐까.

그저 늘 입던 그대로 깨끗하게 관리된 셔츠, 오래 입어도 정돈돼 보이는 바지 하나, 발이 편한 적당한 신발을 신고 다녀도 나는 여전히 그저 나다. 조금 비싼 옷으로 치장하지 않아도 책 몇 권 낸 저자가 됐고 누군가 필요로 하는 콘텐츠로 바쁘게 강연하며 지내고 있다. 아무리 멋진 옷을 걸쳤어도 내가 하는 일에 내가 자신이 없다면 그 가치는 아무것도 아닌 그저 껍데기일 뿐이다.

모든 사업은 언제나 처음에는 스타트업이다. 아무리 대성했어도 누구나 처음이 있었다. 그러니 남들에게 잘 보이려는 것은 지금 시점에 그리 중요한 게 아니다. 도움받을 만한 사람을 만났다고 진짜 내게 도움 될 일을 해 줄는지는 알 수 없는 일이다.

그런데 처음부터 굽실거릴 필요가 어디 있나. 오히려 뭔가 가진 상대의 눈에는 자신의 가치를 스스로 낮추는 걸 모르는 매력 없는 사람으로 보일 가능성이 더 크다.

그러니 교만하자는 게 아니라 '진짜 당당하게 나다움'을 파악해 보자는 뜻이다. 나를 알고 내 가치를 알고 나 스스로 당당하게 내 생각을 말하는 것. 과장되게 부풀려서 먼 미래를 지금에 있는 듯 끌고 와 설명하고 가설뿐인 지점에서 명함부터 만들어 돌리는 건, 좀 신중하게 생각해 볼 필요가 있다.

다행히 이런 가치관 덕분에 나는 이제 누군가 "조금 더 꾸미고 다니는 게 어때?"라고 말해도 여유 있게 웃으며 답할 수 있게 됐다.

"괜찮아요. 이렇게 해도 충분히 제가 저일 수 있거든요."라고.

겉보다 내면과 실력을 먼저
다듬어야 하는 9가지 이유

1. 실력은 시간이 지나도 사라지지 않는 자산이다.

2. 내면이 단단해야 어떤 상황에서도 흔들리지 않는다.

3. 겉모습은 순간의 평가지만 실력은 지속적인 신뢰를 만든다.

4. 깊이 있는 사람은 자연스럽게 매력과 권위를 갖게 된다.

5. 실력이 있으면 기회가 와도 두렵지 않다.

6. 겉모습으로 얻은 인정은 쉽게 무너진다.

7. 진짜 자존감은 내면에서 나오지, 외적인 것으로

채워지지 않는다.

8. 실력이 뒷받침되면 어떤 자리에서도 당당할 수 있다.

9. 보여주기식 삶은 결국 피로감을 남길 뿐이다.

It's time to look at the sky.

It's time to look at the sky.

하늘을　봐,　바람이　불고　있어

'진심.'

진심은 정말 좋은 건 줄 알았다.

진심이면 다 괜찮은 건 줄 알았다.

진심이라는 말로 상대가 받을 수 없는 행동을 하거나

말하는 게 묵인된다는 뜻도 들어 있을 수 있다는 건 몰랐다.

41

고문관이
고문관인 줄 모르고

처음으로 마음에 드는 회사에 취직했다. 잘 다니고 싶고 잘하고 싶다는 의욕이 많이 생기는 건 당연했다. 익숙하지 않은 회사 생활에 다행히 많은 도움을 주는 선배가 있어서 안심됐다.

나보다 열다섯 살 정도 많았는데 바로 옆 부서인 데다 우리 부서와 업무 공조가 많아서 별 거리낌 없이 오가는 옆 팀 실장님이었다. 상사라기보다 친절한 큰 누나 느낌이 훨씬 컸다. 비품이나 필요한 것들도 하나하나 잘 챙겨줬고 익혀야 할 회사 프로세스도 친절하게 몇 번이나 잘 알려준 덕에 큰 실수 없이 적응할 수 있었다.

어느 날 우리 팀 대리님과 자판기 커피 한 잔을 마실 때였다.

"걱정돼서 하는 말인데요. 옆 부서 실장님, 좀 거리 두시는 게 좋을 거예요. 차차 알게 되겠지만 피곤해질 거예요. 그러니까 미리 거리를 둬요. 여기 있는 사람은 한 번씩 겪었으니까."

이해가 되지 않았다. 자리에 돌아와서도 왜 저런 말을 하는지 의도가 파악되지 않았다. 잘해주는 상사가 생긴 나한테 괜히 질투하는 건가 하는 생각도 들었다. 결국 내가 겪어 보고 알아서 판단할 일이라고 결론 냈다. 친절을 베푸는 사람을 험담하는 데 곧이곧대로 들을 수도 없는 일이었다. 이래서 직장에 들어가면 '정치질 조심하라'는 말이 나오나 싶었다.

얼마 후 출근해 보니 내 책상 위치가 바뀌어 있었다. 내 물건에 누가 손대는 걸 정말 싫어하는 편인데 책상 배치가 바뀌어 있어서 화들짝 놀라 그대로 서 있었다.

"자리가 엉망이라서 내가 정리 좀 해 줬지. 나한테 고맙죠?"

실장님 목소리였다. '와. 이런 거였다니.' 대리님이 말한 게 이런 거라면 나는 정말 곤란에 처한 게 분명했다. 그리고 그건 시작에 불과했다.

아무래도 내가 더 편한 방식이 있으니까 배치를 다시 바꿔놨는데 그걸 보더니 실장님은 짜증을 훅 냈다. 입사한 지 얼마 되지도 않았는데 실장님 같은 분께 밉상으로 찍힐 수도 없고 하는 수 없이 그날 책상 배치를 한 번 더 바꿔야 했다.

드디어 깨닫게 된 그 친절의 실체는 거의 불편함에 가까운 거였다.

퇴근 후의 자기계발 방법부터 방향, 여러 상황에 관한 참견과 조언, 내 연애사와 연애에서 하면 좋을 것과 좋지 않을 것들의 예시, 직장인의 점심 메뉴 고르기부터 오늘 먹은 음식의 영양학적 가르침까지.

정말 사.사.건.건. 모든 걸 참견했는데 그 모든 말의 앞에 붙었던 단어가 '진심'이라는 말이었다.

"내가 진심으로 걱정돼서 하는 말인데. 내가 진심으로 알고 있어서 해 주는 말인데. 내가 진심으로 잘 되기를 누구보다 바라서 하는 말인데. 내가 진심으로 여기 오래 있어 봐서 아는데…….."

이번에는 내가 대리님을 커피 자판기 앞으로 소환했다.

"저, 어떡하죠?"

"거절하기 시작해야 해요. 물론 실장님은 자신이 잘못했다는 생각은 안 할 거예요. 엄청 배은망덕하다고 화내고 욕할 거예요. 뒷담화도 하겠죠.

거절을 한 사람은 저처럼 회사에 남아서 일을 하는 거고, 그걸 못하고 괴로워하다가 나간 자리에는 다른 사람이 오겠죠. 그러니까 고윤 씨도 결정해야 한다는 말이에요."

'진심.'

진심은 정말 좋은 건 줄 알았다. 진심이면 다 괜찮은 건 줄 알았다. 진심이라는 말로 상대가 받을 수 없는 행동을 하거나 말하는 게 묵인된다는 뜻도 들어 있을 수 있다는 건 몰랐다.

'진심'에 욕심도 담겨 있을 수 있고, 상대의 불편함을 보지 않는 안하무인의 공감 능력 제로가 포함돼 있을 수도 있는 거였다.

소중한 '진심.'

요즘 세상에는 값진 말이고 좋은 말로만 사용되는 '진심'이라는 단어를 상대가 원하고 필요로 할 때 정말 선택적으로, 조금 조심해서, 잘 써야 할 것 같다.

부드럽지만 정중하게 거절하는 10가지 방법

1. 고마움을 먼저 전한 뒤 정중히 거절한다.

"제안해 주셔서 감사하지만, 이번에는 어렵겠어요."

2. 이유 없이 단호하게 거절한다

"죄송해요. 이번에는 힘들 것 같아요."

3. 대안을 제시하며 거절한다.

"지금은 어렵지만, 다음 주라면 가능할지도 몰라요."

4. 자신의 원칙을 이유로 거절한다.

"저는 개인 시간을 꼭 지키려고 해서요. 양해 부탁드립니다."

5. 유머를 섞어 가볍게 거절한다.

"제가 한 번에 두 가지를 못 해서요. 이번에는 패스할게요."

6. 바쁜 일정을 핑계로 거절한다.

"요즘 일정이 꽉 차 있어서 도와드리기 어려울 것 같아요."

7. 확답을 미루며 자연스럽게 거절한다.

"한번 생각해 보고 다시 말씀드릴게요

(이후 추가 답변 없이 정리)."

8. 감정을 이해하지만 거절한다.

"그 마음은 충분히 이해해요. 하지만 저는 어렵겠어요."

9. 제3자를 추천하며 거절한다.

"저보다는 ○○○님이 더 적합할 것 같아요."

10. 미안한 감정보다 깔끔하게 거절한다.

"안 될 것 같아요. 그래도 제안해 주셔서 고마워요."

It's time to look at the sky

그래도 잠시 사랑을 뒤로 미뤄놔야 할,

인생에 그런 때가 있는 거잖아요.

나도, 그녀도 인생에서

레이스를 펼쳐야 할 그때라는 걸

우리는 알고 있었어요.

42

남에게 들은 기억 나는
러브스토리

나는 사랑의 큰 힘을 믿는다. 불가능한 것을 뛰어넘게 하는 힘도 있다고 믿는다. 설명할 수 없는 미스터리한 감정의 복합체이며 설명할 수 없는 강한 내면의 힘이 그 감정에 스며있다고 믿는다.

그래서 사랑은 모든 사람에게 중요하고 나 역시 그렇다.

하지만 사랑이 모든 걸 해결해 주지 않는다는 것을 안다. 문제를 쉽게 풀어주지 않는다는 것도 안다. 사랑에 온몸을 기대는 순간 현실은 그 사랑을 질투하듯 여러 문제를 고스란히 떠안겨 버리고 남녀를 이쪽과 저쪽 끝으로 몰아세운다는 것도.

사랑에 있어서 어떤 현실은 위협적이다. 특히 서로 그 현실을 솔직하게 마주해 보지 않은 사이라면 더욱 가혹하다.

내가 실제 들어 본 사랑 얘기 중에 가장 근사했던 얘기 하나가 있다. 가끔 만나서 얘기하면 시간 가는 줄 모르고 이야기 나누던 작가님의 러브스토리다.

당시 작가님은 꽤 여러 작품에서 재능을 펼치는 중이었다. 그러다 새로 들어가는 작품에 신인 배우 한 명이 오디션으로 뽑혔는데 바로 그 사람이 작가님의 '근사한 사랑 이야기'의 주인공이다.

비슷한 나이의 한 사람은 태동하는 신인 배우로, 한 사람은 열정적인 작가로 두 사람 모두 자기 일에 열정이 불타던 때였다. 데뷔하는 데까지 꽤 오랜 시간이 걸린 만큼 최선을 다하는 그녀의 모습에 작가님은 반하고 말았다. 그녀 역시 열정을 다하는 작가님의 모습에 이성적인 감정이 자연스레 생겼다고.

"그런데 왜요? 뭐가 문제예요? 작가와 배우, 너무 잘 어울리는데요? 직업은 달라도 분야가 같으니까 서로 더 잘 이해되고 문제 될 게 없는 거 같은데요?"

"그게 문제지."

의아했지만 이야기를 듣고 보니 고개가 끄덕여졌다. 그랬다. 정말 열심히 해야 할 딱 그 타이밍이란 거다. 지금부터 더 열심히 해야 할 일만 남은 상황.

이번 기회를 잘 살려서 앞으로 좋은 배우로 성장해 가야 할 그때, 사랑이라는 감정에 휘둘려 애써 만들어 온 기회 앞에서 감정에 휘둘리게 한다는 게 문제였다.

'사랑해서 보내줬다는 건가?'

웬 신파를 말하나 싶었다.

"뻔히 두 사람 모두 고민하는 걸 서로 알았죠. 그래도 당장 사랑이라는 감정이 내 앞에서 일어나면 혼동이 와요. 그래도 잠시 사랑을 뒤로 미뤄놔야 할, 인생에 그런 때가 있는 거잖아요. 나도, 그녀도 인생에서 레이스를 펼쳐야 할 그때라는 걸 우리는 알고 있었어요."

작가님은 깊은 고민으로 깨달았다고 했다. 자신이 그녀에게 반해버린 건, 꿈을 위한 그녀의 열정과 노력과 태도였다는 걸. 그녀 자체라기보다 그녀의 어떤 행동에 마음이 가 버렸다는걸.

그래서 '사랑'이라는 감정으로 이토록 아름답게 꿈을 펼쳐 나가는 한 사람을 '연인'으로 붙잡아 놓고 '어떻게든 되겠지.' 하면 안 되겠다고.

작가님은 어느 날 그녀를 만나서 자신의 감정을 솔직하게 있는 그대로 모두 말했다고 했다. 어느 순간 사랑이 돼 버렸지만 당신의 꿈과 현실, 그리고 내 꿈과 현실을 위해 물러서는 쪽을 택했다고. 그리고 연인보다 서로의 꿈이 온전한 자리를 키워갈 기회에 매진할 수 있도록 지금의 감정은 접어두자고 말이다.

그녀 역시 작가님께 같은 감정을 가졌었지만 이렇게 서로의 현실을 이해하고 제안하는 말에 진심으로 감사해했다고 한다. 두 사람은 무거운 첫 마디를 시작으로 서로 환하게 웃으며 진한 악수를 하고 헤어졌다고 했다.

정말 이분이 작가는 작가님이다. 결론을 듣기 전에는 결말을 알 수 없는.
현재, 이 여성분이 작가님의 아내분이란다.

후에 아내 분은 배우로서 자신의 목표와 인생 플랜을 짜서 작가님께 가져왔단다. 그 안에 작가님과 연결된 어떤 계획도 포함돼 있지 않은, 그냥 순수한 자기만의 어떤 플랜들이었다고 한다. 오해의 소지가 될 만한 어떤 욕심도 없는 그저 본인만의 것들이었고 지금도 그 계획대로 지내고 있단다.

결국 좋은 관계는 사랑 안에 서로의 현실이 담겨있고 그 상황을 이해하고 온전하게 받아들일 때 완성되는 것 같다.

'너를 사랑하지만, 그건 내가 받아들일 수 없어.'

'사랑해도 그런 건 싫어.'

'사랑하니까 그 정도는 포기할 수 있잖아.'

이와 같은 땅따먹기 식 조율이 아니라, 서로 다른 환경에서 살아온 전혀 다른 두 사람이 각자의 입장과 삶의 방향을 그대로 두고 받아들이며 시작하는 게 사랑인 것 같다.

얼마나 폭넓게 상대가 계속 나아갈 수 있게 하느냐가 사랑의 깊이 있는 성숙함 아닐까.

만약 두 사람이 사랑의 감정에 취해서 '일단 사랑부터 하고 그다음은, 그다음에'라는 식으로 감정을 폭발시켰다면 어땠을까? 사람 일이야 모르는 일이지만 사랑한 다음 남게 될 막연한 걱정과 두려움을 서로에게 들키지 않고 어떻게 처리할 수 있었을까?

현실적인 것을 기준에 놓고 사랑을 이성적으로 다뤄야 할 때도 있는 것 같다.

건강한 연인 관계를 만드는 7가지 조건

1. 서로의 다름을 인정하고 존중한다.

2. 감정이 아니라 사실을 기준으로 소통한다.

3. 상대를 바꾸려 하지 말고 있는 그대로 받아들인다.

4. 불만이 생기면 참지 말고, 솔직하게 이야기한다.

5. 작은 약속도 소중히 여기고 신뢰를 쌓는다.

6. 혼자만의 시간도 존중하며 적절한 거리감을 유지한다.

7. 사랑은 노력 없이 지속되지 않음을 기억한다.

It's time to look at the sky

43

노력도 좋고
과정도 좋지만,
엄마는 속이지 말 것

수학 시험에서 30점을 맞은 날이었다. 초등학생 때였지
만 꽤 기억에 남는 날이다.

반 친구들 모두 있는 데서 선생님께 야단을 맞았다. 그땐
으레 학교에서 뭘 좀 못하면 "집에 가서 부모님 사인 받아
와!"가 일상이었다. 그날도 그랬다.

도무지 집에 가서 시험지를 내보일 엄두가 나지 않았다.
사인을 어떻게 해 달라고 내밀지 너무 무서운 상황이었다
(공감이 크게 되면 ㅋㅋ).

아무튼, 집으로 가는 길을 멀리 돌아도 가고 이리저리 안

가던 골목길도 걸어서 최대한 느릿느릿, 어쨌든 집으로 가긴 가고 있었다. 그러다 도서관에 들어갔다.

거기서 '에디슨'에 관한 동화책을 발견했다. 유레카!

내용인즉슨, 천재인 에디슨이 어릴 때 수학을 무지 못했고 병아리를 품었으며 심지어 낙제생이고 학교도 가는 둥 마는 둥 했다는 얘기였다.

'이거다.'

냉큼 책을 빌려 집으로 갔다.

"에디슨도 공부를 못했대요."

앞뒤 맥락도 없이 '에디슨도, 공부, 못했다'라는 말에 엄마는 단박에 오늘 학교에서 시험을 봤고, 그 시험을 얘가 엄청나게 못 봤다는 걸 알아챘다. 그래서 무지하게 혼났다. 평소보다 더욱더 크게 혼났다.

시험도 못 본 애가 영특하기 그지없이, 에디슨의 약점을 파고들어, 핑계를 준비해 왔다는 그 영악함에 엄마는 더 크게 분노하셨다. 초등학생치곤 꽤 번뜩이는 논리를 준비했던 거 같은데 엄마는 그런 세부적인 건 못 보셨나 보다.

　나처럼 그렇게 뭐든 부족했던 에디슨의 어린 시절이 아직 동화로 계속 쓰이는 건 이분께서 세상 종말 때까지 길이 남을 위대한 업적을 남기셨기 때문이다. 한 번에 된 게 아니라 수천 번 망한 과정을 거치면서 '멈추지 않고 계속해서' 결국 얻은 결과라서 그토록 값진 것이다. 과정은 언제나 이렇게 결과와 하나로 연결돼 있나 보다.

　가끔 강연하는 나를 염두하고 누군가 '에이, 고윤 님은 완전 달변가잖아요. 그것도 타고난'이라고 추켜세울 때가 있다. 하지만 나는 절대 그런 '타고난' 사람도 아니거니와 그럴 수도 없는 사람이다.

　적당히도 아니고 너무 부족해서 죽어라, 죽도록 연습하고 연습한 사람일 뿐이다.

　죽어라 했어도 셀 수 없이 많은 강연장에서 버벅거린 실수를 너무 많이 한 사람이고, "망했어. 망쳤어."를 수없이 중얼거린 장본인이다. 머릿속은 멍하고 얼굴은 허옇게 질려서 엉망진창으로 강연을 망치고 내려오던 사람이 나다. 그저, 그런 과정을 지나 지금 내가 '간신히 된 사람'이다.

누구는 '결과가 전부가 아니라고' 하고 누구는 '과정이 아무리 좋아도 결과 없으면 소용없다'고 한다. 어느 쪽이 옳지?

답을 찾으려니 다시 에디슨을 좀 떠올려 보는 게 좋을 것 같다.

그는 수많은 실패를 겪었지만, 그 과정에서 포기하지 않았다. 그래서 승자가 되었고, 대중적인 전구 상용화에 큰 기여를 했다. 그 덕분에 전구를 처음 발명했다(실제는 영국의 과학자 '험프리 데이비'다)는 오해를 받기도 했다.

중요한 건, 과정과 결과는 서로 완전히 연결돼 있고 어느 한쪽도 서로 없이는 존재할 수 없으며, 그 누구에게도 기억될 수 없다는 것이다.

결과가 없다면 과정은 언젠가 잊혀 질 운명일 뿐이다. 과정은 결과 속을 꽉 채운 부속물이다.

그러니 결론을 내보자.

노력했으니 결과는 중요하지 않다는 말로 너무 위안 삼지 말자.

결과는 과정과 한 쌍이라서 꼭 만나면 좋다. 그러니 결과만 중요하다고도 하지 말자. 과정에서 성장하고 소소한 충만함도 챙겨 가며 가자.

어쨌든 둘은 천생연분이라 만나면 무조건 '좋다.'

과정과 결과에 대해 알아야 할 7가지 진실

1. 과정 없이 얻은 결과는 쉽게 사라진다.

2. 완벽한 과정은 없지만 꾸준함이 결과를 만든다.

3. 결과는 과정의 방향이 옳았는지를 알려주는 나침반이다.

4. 과정 중 실수는 성장의 필수 조건이다.

5. 결과가 좋지 않아도 과정에서 얻은 배움은 사라지지 않는다.

6. 과정에 집중할 때 결과는 자연스럽게 따라온다.

7. 결과는 나를 증명하는 것이 아니라 과정이 나를 완성한다.

It's time to look at the sky

똥 냄새와 영화
'오티스의 비밀 상담소'

잠시 쉬러 강릉으로 가는 중이었다. 차창 밖이 맑아 보였다. 한산한 마음에 더 가까이 보려는 마음으로 창문을 내렸는데 코를 찌르는 거름 냄새가 훅 치고 들어왔다. 창문을 열기 전까지 잔잔한 바람만 있을 줄 알았는데 열고 보니 악취다. 차는 앞으로 계속 달리고 악취는 뒤로 밀려 사라졌지만, 이 순간의 기억은 남았다.

인생의 고단함도 이런 순환으로 기억되는 것 같다. 시간이 흐르면 사라진 것 같아도 어느 틈에 훅하고 기억 저장고에서 튀어나오고는 하니까.

「오티스의 비밀 상담소」라는 드라마의 대사가 떠오른다.

"상처는 없어지는 게 아니란다. 우리는 상처와 더불어 살아가는 거란다."

드라마에 나오는 여고생은 버스에서 성추행을 당한다. 그녀는 문제를 덮으려고 했지만, 상황을 알게 된 주변 친구들이 경찰서로 그녀를 데리고 가면서 문제가 커진다. 그녀는 문제의 심각성을 크게 인지하지 않았지만 자기가 받은 상처의 깊이가 점점 드러나며 실재를 마주하게 된다.

나도, 우리도 그렇다.

돌이켜 보면 참 많은 상처가 있었고 시간이 지나 상처가 옅어지거나 덮어놨거나, 조금 덜 따끔거리게 됐을 때라도 진짜 그 상처가 없어진 건 아니었다.

시간은 모든 걸 흐르게 하기 때문에 치유의 힘이 있다는 걸 안다. 그러나 시간이 지났다고 우리 모두의 상처가 없어진 것처럼 손쉽게 대하지는 말자.

봄을 기다린 사람은 작은 봄꽃 하나에도 감동 받듯, 시간

따라 세월 따라 작고 사소한 감동과 그 순간들이 기쁨을 준다 해도 모든 겨울의 이야기가 사라진 것은 아니다. 시간은 해결사가 아니기에.

다만, 이제 나는 잠시 덮어두는 요령을 알게 됐다. 마음이 아프면 몸을 더 많이 움직여 본다. 머리가 복잡하면 전혀 다른 상황에 나를 놓아 본다. 이 정도까지 터득하는 데 참 오랜 시간이 걸렸다.

진짜 치유는 시간에 모두 맡겨 놓는 게 아니라 견뎌 낼 거란 사실을 아는 '용기'와 잠시 옆에 놓고 함께 가는 '똘끼'가 아닌가 싶다.

상처를 통해 성장한 사람으로
변화하는 8가지 지혜

1. 상처가 내 일부임을 받아들인다.

2. 시간에 모든 해결을 맡기지 않는다.

3. 아픔을 마주할 용기를 낸다.

4. 작은 기쁨에서 위로를 찾는다.

5. 힘든 순간을 기록하며 의미를 되새긴다.

6. 나를 지지해 준 사람들에게 감사한다.

7. 상처를 덮기보다 이해하려 노력한다.

8. 견뎌낸 나에게 칭찬을 건넨다.

It's time to look at the sky.

"함께."

그녀는 짧게 '함께'라는 단어를 뱉었다.

별것 아닌 것 같던 이 단어가

그녀의 말로 내 가슴에도 확 박히는 느낌이 들었다.

45

잘 계시죠?
행복을 조금씩 만들면서
계시면 더 좋겠고요

일정이 유난히 많은 그날 밤, 몸은 고단했지만 정신은 맑았다. 원고를 쓰며 하루를 마감할 계획이라 커피 한 잔을 가져와 저녁노을을 향해 앉았다. 그리고 노트북을 열었다.

'띠링.'

휴대폰 알람이었다. 중요한 작업을 시작할 때는 비행기 모드로 전환해 놓는데 그날은 깜빡했다. 무시할 수 있지만 이상하게 알람이 울리면 신경이 계속 쓰이게 마련이다. 버티다 '에잇, 얼른 보고 다시 쓰자.'라는 마음에 휴대폰을 열었다.

인스타그램으로 전혀 모르는 여성분으로부터 온 DM이

었다. 보내온 내용을 쭉 읽어 보니 상황이 좀 심각한 것 같았다. 지금 써야 할 내 원고도 중요하지만, 이분에게 도움이 더 절실해 보였다.

'안녕하세요. 정말 용기 내서 연락드리게 됐습니다…….'

답장을 하고 근처 카페에서 만나기로 했다. 카페에 들어서자, 한눈에 내가 만날 사람이 누군지 알 수 있었다. 글에서 본 그 절박한 느낌이 온몸으로 드러나는 여성을 발견했기 때문이다. 찻잔을 양손으로 감아쥐고 둥글게 몸을 웅크린 모습이 글에 쓰인 그 느낌, 그대로였다.

"안녕하세요."
나를 보고 환하게 웃으며 자리에서 일어났지만, 왠지 나는 불안정한 느낌을 받았다.

"제가…… 더 잘해야 하는 거겠죠?"
사연을 이야기하나 했는데 잠시 숨을 고른 그녀가 말했

다. 나한테 대답을 해 달라는 건가, 하고 잠시 당혹스러웠다.

그녀의 사연이란 이랬다. 부모님은 오랜 병으로 병원에 계시고 어린 두 동생의 학비와 생활비까지 모두 그녀가 책임지고 있었다. 직장에서는 업무가 끝없이 늘고 있고 상사는 지금보다 더 일을 잘해 줄 것을 기대 중이다. 야근도 잦고 해도 끝나지 않는 일에 치이고 있었다. 일상의 모든 일이 도무지 끝이 어딘지, 끝이 있기나 한 것인지 모를 만큼 끝없이 그녀를 지치게 하고 있었다.

듣고 있는 내 마음도 아팠다. 안쓰러웠고 돕고 싶었다. 그때 『모모』가 떠올랐다. 마을 모든 사람의 고민을 해결해 주던 소년 모모. 불행한 누구든 소년이 있는 곳에 다녀오면 행복해졌다는 소설 말이다. 모모는 뭔가 특별한 재주가 있는 게 아니라 그저 찾아온 모든 이가 자기가 하고 싶은 말을 하도록 들어줬다.

그녀의 이야기를 듣던 내가 어릴 적 읽은 모모가 떠올랐다는 건, 지금 내가 그녀에게 해줄 것이 '온전히 들어 주는 것'이었기 때문인 것 같았다.

　많은 사람과 대화를 나누지만, 대화를 마치고 가슴이 뜨거워졌다거나 마음이 평온해졌다는 느낌을 받기란 어려운 것 같다. 그저 나를 이해하는 눈빛과 그냥 내가 하는 말을 있는 그대로 모두 들어주는 사람이 그만큼 귀해서 아닐까? 어쩌면 대화라는 건 조금은 '일방적'인 게 더 효과적인 게 아닐까? 한쪽에서 하고 싶은 모든 말을 끝까지 조건 없이 잘 들어줄 수 있는 사람끼리 만나서 하는, 서로 그런 날을 눈치껏 직감하며 발맞춰가는 관계 말이다.

　그녀의 이야기를 듣다 보니 그동안 우리는 너무 많은 말을 하고 있었다는 생각이 들었다. 스스로 만들어야 할 행복을 서로 주입하느라 애쓰고 있었던 것 같다는 생각이.

　"제가 조금만 더 노력하면 다 괜찮아질 거라고 생각했어요. 그런데 아무리 죽어라 노력해도 끝이 보이지 않네요……."

떨리는 목소리로 고개를 숙인 채 말하는 그녀 눈가로 눈물이 맺혀 있는 게 보였다. 어쩌다 이 사람은 이 모든 힘든 일을 혼자 짊어지게 됐을까. 차마 입 밖으로 말하지 못한 찡한 저림이 가슴을 누르는 것 같았다.

"아… 정말 감사합니다. 고마워요. 덕분에 이제 좀 홀가분해진 것 같아요. 너무 죄송하고 감사합니다……."

"제가 뭘요. 아무것도 해 드린 게 없는데요. 힘들면 누구에게든 좀 기대도 돼요. 서로 도움을 주고받으면서 사는 게 인간이에요. 누군가 도우려고 하면 받아들이는 마음도 좀 내시고 너무 지치면 도와달라고 주변에 청하는 그런 용기도 필요한 것 같아요."

그녀는 잠시 나를 바라보더니 부담이 되는 사람이 되고 싶지 않다는 짧은 대답을 했다. 나는 다시 한번 우리가 함께 살아가는 존재라는 것, 힘들 때 도움을 받는 게 정말 자연스러운 거라고 담담하게 말했다. 슬픔은 나눌 때 이겨낼 힘이 생기고 그렇게 얻은 회복으로 또 누군가에게 더 큰 행복을 나눠줄 수 있는 게 세상인 것 같다고도 애써 말을 더 이었다.

"함께."

그녀는 짧게 '함께'라는 단어를 뱉었다. 별것 아닌 것 같던 이 단어가 그녀의 말로 내 가슴에도 확 박히는 느낌이 들었다. 내 앞에 앉은 그녀는 오늘 나와 함께 이 순간, 힘듦을 나눴다. 이전에는 알지도 못했던 관계였지만 손을 내밀자 고단함을 잠시 내려놓는 경험을 한 것이다.

우리는 누군가에게 해답을 기대하는 게 아닌 것 같다. 함께 있는 존재가 침묵 속에 아무 말을 하지 않아도, 내게 도움될 어떤 말을 해주지 않아도, 그저 함께 있어 주기에 힘이 된다는 걸 절대 잊지 말아야겠다.

하버드 72년 연구에서 밝힌 행복의 7가지 조건

1. 고난에 대처하는 자세(성숙한 방어 기제)

2. 만족스러운 인간관계 & 안정적인 결혼생활

3. 평생교육: 지속적인 학습과 지적 호기심

4. 흡연하지 않기

5. 음주는 적당하게

6. 규칙적으로 운동하기

7. 적정 체중을 유지하기

It's time to look at the sky

질투는 세상 사는
제3의 힘이었다

'질투'라는 단어는 그리 좋은 데 쓰이지 않는 거 같다. 질투심이 발단이 돼서 나쁘게 벌받는 걸로 끝나는 동화책이 너무 많아서 그런가. 하여튼 우리는 너무 어린 시절부터 질투는 나쁜 거라고 배워왔다.

그래서 이 질투심을 좋게 사용할 방법은 배워 본 적이 없다. 어쩌면 인간에게 가장 강력한 원동력이 질투일지도 모르는데 말이다.

'나는 왜 저렇게 되지 못할까?'

이런 생각이 들어서 내가 너무 한심하게 생각된다면 여기서부터 갈림길이다. 이걸 그대로 안고 있으면 자괴감이지만,

이걸 깨부수겠다고, 기어코 넘고야 말겠다고 각오하면 완전히 다른 '종'으로 뛰어넘을 발판이다.

질투 없는 사람은 없다. 키가 커서 부럽고 얼굴이 하얘서 부럽고 목소리가 좋아서, 집이 부자라, 부모님이 서울에 계시거나, 좋은 직장에 들어가서, 여친이나 남친, 아내나 남편이 대단해서……. 그 질투심이야 쓰라고 하면 밤을 새우며 써도 못 채운다.

그러니 이렇게 당연하고 만연한 질투심을 매번 몹쓸 마음이라고 무시할 수가 없는 거 아닌가? 이런 건 갖다 쓸 궁리를 하는 게 낫다고 본다.
질투가 사람을 불행하게 만들고 시간을 낭비하게 하는 것처럼 비난받지만 나는 꼭 그렇지만은 않다고 본다.

잘 생각해 보면 질투를 부정적으로만 받아들일 필요가 없다. 질투가 생긴 이유를 따져 보면 딱 답이 나오는 경우가 너무 많기 때문이다. 질투가 생긴 그 자리에 내가 갖고 싶은 거,

내가 하고 싶은 거, 내가 원하는 거, 내가 원했던 거, 내가 바라는 거, 내가 살고 싶은 인생이 다 나온다. 그러니 질투는 강력한 나만의 내적 신호다.

저 사람은 어떻게 저렇게 됐는지 생각하면 할수록 잠이 안 오고, 부럽고, 고민고민하게 되는 그런 일. 그래서 이제부터 내가 뭘 하면 될지, 하면 안 될지, 어떤 계획을 세워서 행동해야 할지, 딱 드러나게 되니 이보다 좋게 쓸 감정이 또 어딨을까!

맞다. '질투는 나의 힘'. 영화 제목이지만 삶에서도 질투는 나의 힘으로 갖다 쓰면서 살면 된다.

오해는 말라! 질투가 정말 많았던 나를 변명하려고 쓴 건 아니다.

질투를 삶의 동력으로 전환하는
7가지 방법

1. 질투가 드는 순간을 솔직히 인정한다.

2. 남과 비교하는 대신 내가 원하는 목표를 찾는다.

3. 질투의 대상을 분석해 배울 점을 적어본다.

4. 작은 행동부터 시작해 실천에 옮긴다.

5. 고민만 하는 시간을 줄이고 움직인다.

6. 질투를 열망으로 바꿔 긍정적인 마음을 갖는다.

7. 나만의 속도로 성장하고 있다는 걸 믿는다.

It's time to look at the sky

47

약해 보일까 봐
먼저 사과하며
살지 못했습니다

얼마 전 「유키즈 온 더 블록」에 나온 고현정 씨를 봤다. 매번 강한 이미지로만 보였던 고현정이라는 배우가 한 인간으로 느껴져 마음이 아팠다.

대중의 인기를 먹고 사는 사람들은 매 순간 최고를 만들기 위해 노력하며 사는 게 직업이다. 한편으론 최고의 정점에 서 있다가 내려오는 순간을 받아들여야 한다. 어쩌면 그 순간 존재의 가치가 무너지는 것 같은 감정도 경험할지 모를 일이다.

"저는 배은망덕하고 싶지 않습니다. 계속 잘하고 싶어요. 조금, 도와주세요. 너무 모질게 보지 않으셨으면 좋겠어요."

진심 가득한 목소리에 눈물을 보이며 말하는 그녀에게 그저, 한 사람으로서 미안했다. 언젠가 덧씌워진 못되고 고집 센 사람이라는 이미지에 오래 상처받아 온 마음이 느껴졌다. 쉬워 보이면 안 됐을 것이고 누군가에게 귀감이 돼야 했을 것이다. 두렵고 무서운 마음들을 겉으로 꺼내기보다 더 단단하게 자신을 감쌀 껍질을 덮어야 했을 것이다.

하지만 그녀는 대중에게 먼저 다가가 고개를 숙이고 자신을 미워하지 말아 달라고 부탁했다. 자신을 낮추는 게 아니라 관계를 회복하기 위해 무언가를 내려놓은 용기였다. 그녀가 보인 말과 행동이 내 마음을 열었듯 분명히 많은 사람의 마음도 활짝 열렸을 것 같다.

그동안 나는, 내가 먼저 머리를 숙이는 게 약한 거라고 생각했다. 그렇게 놓쳐 버린 인연이 많다. 갈등 상황에서 내가 먼저 숙이고 들어가는 게 어려웠다. 먼저 다가가면 손해를 더 볼 것 같았기 때문이다.

하지만 관계는 먼저 다가가는 한쪽이 있을 때 시작되는 것 같다. 관계는 힘겨루기가 아니라 서로 양쪽 끝을 붙잡고 서 있는 줄 같은 거라서 말이다. 이 부분에서 고현정 씨가 더 대단하게 느껴진다.

사람이 배울 건 배워야 한다. 배울 만한 때에 배우면 더 좋다. 해서 나도 한 수 배우고 가 볼 결심을 해 본다. 지금까지 놓친 관계들을 더 이상 놓치지 않기 위해서라도 내가 먼저 다가가는 사람이 돼 보려 한다.

진짜 내면이 강한 사람이 말해준
6가지 조언

1. 때론 고개를 숙이는 사람이 가장 용기 있는 사람이다.

2. 진짜 강한 사람은 자기 약함을 먼저 드러낼 수 있는 사람이다.

3. 약해 보일지 모른다는 두려움보다 관계를 잃는 것을

 더 두려워하라.

4. 갈등에서 먼저 손을 내미는 사람이 결국 관계를 지킨다.

5. 솔직한 눈물 한 방울이 열 마디 강한 말보다 강력하다.

6. 누군가와의 관계가 소중하다면.

마음의 문은 내가 먼저 연다.

It's time to look at the sky.

그러니 우리 조금 더

얇아지자.

나를 덮고 있는

겉치장을 계속 걷어 내서

속이 조금은 비치는 사람이 돼 가자.

48

그냥 똑바로
말해 줄 건 해 줍시다!

꼭 말로 하지 않아도 알 수 있는 것들이 있다. 행동이 말을 대신 해 줄 때도 있고, 표정이 말을 대신 해 주는 경우도 있다. 하지만 꼭 말로 해야 하는 것들이 있다는 걸 깨닫게 된다.

"너는 그걸 꼭 말로 해야 알아?"
"네, 저는 잘 못 알아듣겠는데요?"

어느 봄날, 운동하는 사람들이 꽤 복작이던 운동장에서 나는 친한 형과 그렇게 마지막 말을 나누고 헤어졌다. 친한 사람끼리는 사업하지 말라는 조언이 괜히 있는 게 아니었다. 그날 운동장 한복판에서 형과 나는 한판 크게 싸웠고 그 뒤로 형과는 다시 연락하지 않는 사이가 돼 버렸다.

싸우고 다시 화해하고 서로 익숙해지면서 함께 사업을 키워 나가는 꿈 같은 그림을 그렸지만, 실상은 꿈꾸는 것과 다른 게 많았던 것 같다.

"나 내일 안 나올 거니까 그렇게 알고 있어."

순간 헷갈렸다. '일을 그만두겠다는 건가? 아니면 내일만 안 나오겠다는 건가?'

몇 초 사이 "넌 내 말뜻이 무슨 말인지 몰라? 그걸 꼭 말로 해야 알아?"라고 던지듯 화를 낼 때도 나는 여전히 그 뜻을 정확히 알지 못했다. 그렇게 형은 집으로 가 버렸고 서로 소통할 수 없는 사이로 끝나 버렸다.

그 뒤로 이런 경우를 다른 사람과도 몇 번 더 겪었다. 내 마음을 정확한 워딩으로 딱! 말하지 않아도 상대가 알아들을 거라고 기대하는 일이 사람 사이에 너무 자주 일어나고 있었다.

하지만 나는 세상에는 딱! 정확한 단어로, 정확하게 말해야 하는 일이 의외로 더 많다고 힘줘 말하고 싶다. 상대는 더 이상 관계를 맺고 싶지 않아서 연락을 끊은 건데, 이쪽에서는 '요즘 좀 바쁜가 보다' 하고 착각하고 있을는지 모를 일이다.

우리는 완전히 다른 세계에서 태어나 다른 경험과 기억을 갖고 살아왔다. 나에게 익숙한 것이 누군가에게는 낯설고 생소한 경우일 수 있다. 그런 사람끼리 만나서 복잡하고 난해한 각자의 이해관계를 엮어 가며 지내는 게 사업이고 관계다.

그러니 상대가 정확하게 알아들어야 할 일이라면 뭉뚱그려 말하지 말고, 확실하게 말로 해 주면 좋겠다. 그렇게 정확하게 말하지 않으면 모를 수도 있다는 걸 잊지 말자. 그걸 확실히 인정하는 순간, 혼동 없는 깔끔한 소통이 가능해지고 그 이상 더 큰 문제와 분쟁, 원망이나 부차원적인 감정적 상처 같은 것들이 줄어든다.

"그걸 꼭 말해야 알아?"라는 말에는, '내가 말하지 않아도 네가 알아줬으면 좋겠어.'라는 뜻이 들어 있다는 건 알지만 그게 그리 만만치 않다.

그러니 우리 조금 더 얇아지자. 나를 덮고 있는 겉치장을 계속 걷어 내서 속이 조금은 비치는 사람이 돼 가자.

서로를 이해할 기회를 놓치지 않도록.

관계의 다름을 수용하는 큰 그릇이 되는 법 7가지

1. 상대가 말하지 않은 마음이 있을 거라 생각해 본다.

2. 나와 다르다고 서운해하기 전에, 그 다름을 궁금해한다.

3. 오해가 쌓일 때 "혹시 내가 놓친 게 있나?" 하고 물어본다.

4. 상대의 입장에서 한 번 더 생각하며 고개를 끄덕여준다.

5. 말로 다 전하지 못한 부분도 괜찮다고 토닥여준다.

6. 내 마음을 꺼낼 때 "너라면 이해해 주겠지?" 하며 다가가 본다.

7. 서로 다른 우리를 끌어안는 게 진짜 인연이라 믿는다.

It's time to look at the sky.

'그래도'가
'네 생각을 존중해'보다
훨씬 좋은 거 같아요

난 꼰대가 되기 싫다. 특히 어린 친구들이 새로 만들어 내는 문화는 완전히 차원이 달라서 이해하기 어렵지만 최선의 존중을 하는 중이다. '혹시 외계인 아닐까?' 싶은 생각이나 취향에 놀랄 때도 있지만 받아들이는 편이다. 아니면 곧 '꼰대'로 분류될지 모른다는 걱정 반, 노력 반으로.

때때로 '이런 거, 저런 거'에 대해서 어떻게 생각하는지 곤란한 질문을 하는 경우에는 '잘 모른다'고 답한다. 사실 진짜 잘 모르기도 하거니와 다른 사람에게 내 생각이 실례될까 봐 그렇다.

비슷한 또래나 이런저런 자리의 팽팽한 대화 속에서 "네 생각을 존중할게."라고 대답하는 걸 자주 듣는다. 좋은 말 같기도 하고, 아닌 것 같기도 하다. 진짜 존중해서 말하는 경우도 있겠지만 내가 듣기엔 '그래, 당신은 당신 알아서 해. 나는 상관없으니까.'로 들린다.

은근한 우월감이 깔린 것 같이 들릴 때도 있다. 이해하는 말 같아도 자기 기준에서 상대를 평가하고 '존중'보다는 일방적인 '결론' 짓기 같이 들린다.

그런 면에서 '그래도'가 차라리 더 낫다. '나는 네 말에 동의가 안 되는 중이야'라는 뜻이지만 더 솔직하게 생각을 드러내는 말이다. '그래도 이해해 줄게'에는 '네가 틀렸다고 생각하지만 넘어가 주는 거야'가 담겼다. 그래서 진짜 '존중'의 의미로 부족한 것은 매한가지다.

진짜 존중은 판단하지 않는 태도라고 생각한다. '존중할게'라는 말로 은근히 내 판단을 섞어 말하는 대신, 상대의 모든 생각과 견해를 판단 없이 듣는 그 자체. 무반응 리액션이 아니라 두 눈을 크게 뜨고 눈을 마주치며 잘 듣는 일이다.

억지로 이해해 주는 것도 아니고, 잘잘못을 가려 주려는 것도 아니며, 참고 듣는 것이 아닌, 그대로 그냥 듣는 경청. 어려운 것 같아도 편하고 좋은 서로를 담아내는 진짜 '존중' 같다.

'존중'을 마스터하는 7가지 대화 습관

1. "존중할게." 대신 "이해해 볼게."라고 말한다.

2. 상대의 다름을 평가하지 않는다.

3. 내 불편함을 억지로 감추지 않는다.

4. 질문으로 상대를 알아가려 노력한다.

5. 말 뒤에 숨은 의도를 돌아본다.

6. 상대의 가치를 내 잣대에 맞추지 않는다.

7. 진심이 담기지 않은 말은 삼간다.

It's time to look at the sky

다들 괜찮다고 하니까
그냥 넘어가,
왜 호들갑이야

석촌호수 근처에 24시간 운영하는 카페가 있었다. 나는 그곳에서 아침 해를 자주 봤다. 새벽 카페가 주는 특유의 감성이 좋았다. 그곳에서 일하는 나에게 안도감이 느껴져 종종 그곳에 갔다.

새벽이지만 낯익은 얼굴이 몇몇 있었다. 말 한 번 걸어보지 못했지만 자기 자리가 있는 것처럼 우리는 각자 익숙한 자리에 앉아 자기만의 무언가를 하고 있었다. '저 사람들은 왜 여기 있을까?' 늘 궁금하면서도 진짜 이유는 알 수 없었다.

코로나가 세상을 덮치고, 나는 카페와 강제 이별을 했다.

표시된 거리만큼 떨어져 앉을 곳을 찾고, 몇 시간이나 마스크를 쓰고 일하는 게 쉽지 않았다. 하루가 멀다 하고 매일 싸돌아 다녔던 내가 저녁 9시면 집으로 가야 하는 것도 고역이었다.

그때야 확실히 알게 된 건 바삐 움직이는 게 부지런한 생활 습관인 사람도 있겠지만, 생각거리가 넘어오는 걸 방어하는 사람도 있다는 거였다. 내 경우에는 후자였고 그 넓고 긴 행동반경이 임의로 삭제된 순간 한꺼번에 청구서가 날아든 것 같은 감정의 쓰나미를 맞았다.

나도 몰랐다. 내가 그 많은 생각과 기억, 생각할 거리들을 감정 바닥에 착실하게 쌓고 있었다는 걸. 적당한 '고독'이 배어 있는 사람인 줄 알았지, 속에서 해결되지 않은 응어리들의 독소가 스멀스멀 올라오는 중이란 걸 몰랐다.

그때 한꺼번에 받은 엄청난 감정 계좌 내역을 청산해야 했다. 짜증 나고 억울한 측면도 있었지만, 평소 몰랐던 과징금까지 얹힌 채 하나하나 해결했다. 외로웠고 밤에 잠이 오지 않았다. 여러 감정이 뒤섞여 밥맛도 없었다. 감정에 체한 듯 목구멍으로 뭔가 넘기기 어려웠다.

그 시간을 보내며 카페의 이름 모를 그 사람들이 그리워 졌다. 카페에 나란히 앉아 어두운 창밖을 함께 내다보던 그 사람들이 곁에 있었다는 게 큰 위안이 됐었다는 게 느껴졌 다. 케케묵은 감정이 사라지니 때때로 자연스러운 감정을 느 낄 수 있었다.

아직 어두컴컴한 새벽이다. 다시 파고들어 본다. 나 자신 에게로. 온전히. 다 타버려서 재가 될 것 같은 집요한 마음으 로. 그리고 안부를 묻는다.
'다들 어딘가에서 잘 지내시나요?'

고독한 인생을 성장하는
인생으로 바꾸는 7가지 방법

1. 혼자만의 시간을 두려워하지 않고 마주한다.

2. 감정을 억누르지 말고, 솔직히 기록해 본다.

3. 산책하며 생각을 정리한다.

4. 과거의 감정을 하나씩 정리하며 내려놓는다.

5. 타인의 시선보다 내 마음에 집중한다.

6. 고통도 나를 키우는 과정임을 받아들인다.

7. 스스로에게 따뜻한 질문을 던져본다.

It's time to look at the sky

소 다 나갑니다.
외양간 고칩시다

168시간. 일주일의 시간이다. 나름 주 단위, 월 단위, 해 단위까지 계획하며 사는데 고작 이 일주일 동안 계획 안에 없던 문제가 튀어나온 경우는 거의 없었다. 하지만 어느 날부턴가 매일 새로운 이슈에 부딪혔고 그 문제를 겨우 넘은 것 같으면 또 다른 숙제가 생기곤 했다. 해결된 것도 있지만 여전히 머릿속을 괴롭히는 골칫거리도 많다.

돌아보니 이 168시간 동안 수많은 사람을 만났고 롤러코스터처럼 출렁대는 감정에 놓였다. 168시간은 생각보다 정말 길고 긴 시간이다.

'나는 어떤 일주일을 보냈나?' 가볍게 해 본 생각이었는데, 깊이 생각하느라 화장실도 가고 물도 두어 잔 마시고 잠시 밖에 나가 걷기도 하다 보니 3시간이 훌쩍 지나 있었다.

완벽함이란 원래 없다. 모든 상황에 철저히 대비하고 만반의 태세를 유지한다는 건 전쟁터 아니고 일반 생활에서는 말도 안 된다. 아무리 준비한들 100% 예측하는 건 불가능한 현실이란 걸 우리는 잘 안다.

아무리 애써도 일상은 늘 불확실하고 실수투성이다. 그걸 순순히 인정하는 게 맘 편하고 좋다. 한데 이런 현실에 써먹기 딱 좋은 조언 하나는 있는 거 같다.

"소 한 마리 잃었는데도 왜 안 고치십니까? 그거 안 고치는 사람은 다시 소 못 키웁니다."

드라마 「스토브리그」에 나오는 대사인데 이 말이 주는 의미가 커서 종종 강연 때도 쓰고 주변에도 전하곤 한다.
"어쩌면 우리 삶의 소들은 때때로 외양간을 뛰쳐나갈지

도 모릅니다. 외양간 문이 반쯤 열려 있는 건 확실하지요."

그래! 맞다. 반쯤 열린 외양간 문으로 소가 나갈 수도 있고 그 문이 활짝 더 열려서 소가 모두 탈출할 수도 있는 게 인생이다. 다만 드라마에 나온 백승수 단장 식으로 말하면 '그걸 방치하는 자는 다시 소를 기를 수 없다.' 뭐든 잘못되거나 예상 못 한 이상한 방향으로 일이 꼬일 수 있다. 이때 바로 잡으려는 태도가 있다면 소는 다시 놓치지 않을 수 있다.

중요한 건 한 번 망가진 문을 방치해 두지 않겠다는 태도다. 소를 다시 데려오는 것에 급급할 게 아니라 왜 소가 뛰쳐나가게 됐는지 원인을 생각하고 그때 얻은 깨달음으로 외양간을 좀 더 단단히 보강해 둔다면 분명 다음 일주일은 다르지 않을까 싶다.

불확실한 삶을 단단히 다지는 7가지 방법

1. 지난 시간을 돌아보며 교훈을 찾는다(성찰).

2. 예상치 못한 상황을 당연하게 받아들인다(수용).

3. 실수를 인정하고 바로잡을 계획을 세운다(자기 수정).

4. 문제를 미루지 않고 즉시 행동에 나선다(행동 지향).

5. 작은 깨달음을 기록해 다음에 활용한다(학습).

6. 완벽하지 않아도 괜찮다고 스스로를 다독인다(자기연민).

7. 매일 조금씩 나아지는 자신을 믿는다(자기효능감).

It's time to look at the sky

우린 아직 갈 길이 먼,

너무 젊은 나이니까.

52

우리 잘 살아가요.
함께, 같이.
우린 아직 젊잖아요. ^^

세상을 살다 보면 부족한 것 투성이라 저마다 각기 다른 결핍이 있다. 그중에 제일 부족한 게 돈일 테고 그다음이 시간, 믿고 의지할 사람, 그리고 평온한 마음 정도가 가장 급하고 아쉬운 것들이지 않을까 싶다.

영화 「이터널 선샤인」의 주인공 조엘은 어느 평범한 출근 날 아침 무작정 몬태나 행 기차에 올라탄다. 하지만 우리 대부분은 어느 날 아침 무작정 몬태나 행 기차를 탈 수 없다.

힘들면 잠시 쉬어 가라는 말을 빈번하게 듣지만, 어느 누구 하나 편하게 잠시 쉬었다는 얘기는 듣기 어렵다. 어른이고 성인이 되면 자유롭게 뭐든 선택할 수 있을 줄 알고 열심히 컸는데, 어른이 되니 자유로운 선택권을 누릴 수 없는 환경에 들어가 사는 거였다.

오늘 해야 할 일, 내일 해야 할 일, 산더미처럼 쌓인, 해야 할 것들이 줄지어 있는 날들이다. 우리가 전혀 가지 못할 것 같은 '몬태나'라는 낯선 땅은 그래서 상징만 크게 가진 해방감을 주는 것 같다.

'힘들면 좀 쉬라'는 말을 가장 많이 하는 사람 중에는 단연 부모님이 일등이다. 대부분의 부모님이 자주 하지 않을까 싶다. 하지만 나를 아끼는 누군가, 또는 누구라도 이 말보다는 좀 다른 방법으로 서로를 위로하는 게 나을 것 같다. 쉬라고 한들, 본인도 아마 쉽게 쉬지 못할 테니까.

사실 우리 모두가 진짜 원하는 건 서로의 마음을 이해해 주는 일인 것 같다. 짊어진 무게를 알아주고 그로부터 느끼는 압박감을 이해하고 동병상련의 마음으로 토닥여 주는 게 조금 더 현실성 있는 위로 아닐까 싶다.

많은 사람의 마음 밑바닥에는 마음의 여유를 잃은, 본질적 허탈함이 조금씩은 다 있을 것 같다. 마음을 알아주고 이해해 준다는 게 완벽한 해결책이 되거나 대단한 힘이 돼 준다는 건 아니지만 숨구멍을 내주는 일이란 건 확실하다.

마치 풍요로운 마음가짐 하나가 다가와서 '지금 이대로도 충분해. 더 애쓰지 않아도'라고 말해주면 그 순간 온몸에 온기가 퍼질 것이다. 이 힘은 진짜 쉬게 하는 게 아니라 오히려 에너지를 만들어 주고 단단한 다리로 더 잘 서 있게 해 주는 신비한 힘이 있는 것 같다. 결핍을 딛고 충분함으로, 앞으로 나가는 또 다른 발판이 돼 주는 것처럼 느껴진다.

그렇게 마음 한편을 조금 느슨하게 풀어놓고 자신을 그대로 인정하며 더 잘하게 해 주는 느낌.

완벽한 휴식이나 탈출은 어렵다. 다만 숨 쉴 틈을 만드는 건 챙길 만한 만만한 일이다. 그 작고 여유로운 틈이 언젠가 나를 더 풍요롭고 단단하게 해 주는 씨앗이 돼 줄 것 같다.

그러니 무책임한 것까지는 아니지만, 무책임하게 느껴질 때도 있는, '힘들면 좀 쉬어'라는 말을 남발하는 대신(사실 먹히지 않을 때가 더 많으니까) '잘하고 있어, 잘 해내고 있는 거 같아.'라고 따뜻하게 숨구멍 좀 내주며 서로를 기대고 살았으면 좋겠다.

우린 아직 갈 길이 먼, 너무 젊은 나이니까.

마음의 여유를 되찾는 7가지 비결

1. 현실의 무게를 잠시 내려놓는다.

2. 완벽한 휴식을 꿈꾸지 않는다.

3. 작은 숨구멍을 스스로 만들어준다.

4. 타인의 충고에 얽매이지 않는다.

5. 내 안의 결핍을 인정한다.

6. 충분함을 상상하며 위로한다.

7. 서툰 나를 단단히 끌어안는다.

It's time to look at the sky

하늘을 봐, 바람이 불고 있어

1판 1쇄 인쇄 2025년 4월 23일
1판 1쇄 발행 2025년 4월 30일

펴낸곳	스노우폭스북스
발행인	서진
지은이	고윤(페이서스코리아)
엮은이	서진
대외 커뮤니케이션	진저(박정아)
진행 교정	클리어(정현주)
마케팅 총괄	에이스(김정현)
A.I 홍보 전략	테드(이한음)
도서·마케팅 디자인	샤인(김완선)
퍼포먼스 바이럴	썸미(윤서하)
검색	형연(김형연)
영업	영신(이동진)
제작	혜니(박범준)
종이	월드페이퍼(박영국)
인쇄	남양문화사(박범준)

주소	경기도 파주시 외동길 527, 스노우폭스북스 빌딩 3층
대표번호	031-927-9965
팩스	070-7589-0721
전자우편	edit@sfbooks.co.kr
출판신고	2015년 8월 7일 제406-2015-000159

ISBN 979-11-91769-95-1(03810)